Traduzione di Judith Moser

© Maria Pacini Fazzi editore, Lucca 1990

ISBN 88-7246-002-6

CARLA CAMPORESI

Un boccone insieme

A casual invitation

Maria Pacini Fazzi editore, Lucca

Let's start with a word or two...

Cookery books are much in fashion nowadays, so it might not seem very original to be writing yet more recipes.

But I have a definite aim, which is to provide a simple and a practical guide, based on personal experience. These are recipes tried and tested in my own kitchen and written down for those people who have enjoyed the results of my «culinary adventures».

I have often noticed that just the thought of preparing a light supper or luncheon puts the housewife in a state of apprehension. Probably she worries for days beforehand wondering what to put on the menu. I myself have often had to prepare dinner parties at the last moment, and very often the less time I have had at my disposal the better has been the result. I have learnt not to make a drama of it, always keeping the whole thing as easy as possible, and to use my imagination. I have tried to collect a certain number of very safe and simple recipes which can be prepared in very little time – «quick and easy». These recipes are never very elaborate, which is the reason I have never had any nasty surprises with them.

The general inclination is for simple, natural food which is not too rich. Quality is always preferable to quantity, and the conception of vitality also applies to diet. This means that we tend to avoid food – however delicious – which spells danger to our health or our waistlines: I have selected and elaborated on those recipes which minimise these dangers, even if I have not managed to eliminate them completely in every case.

I have searched through my household recipes and have collected together those which seem to be the most suitable, which have always been successful and have never given me the least difficulty. After dinner parties I have always spent a lot of time copying out

Prima, due chiacchiere

Iniziativa non molto originale, sembra, scrivere ancora di ricette in epoca in cui è tanto di moda la «cultura» culinaria.

Ma ho un fine preciso: una guida semplice, collaudata su esperienze personali, casalinghe, di «far cucina»; scrivere ricette da offrire a quelle persone alle quali ho già dato il risultato del mio «divertirmi in cucina».

Molto spesso ho notato che preparare una cenetta o una colazione mette in apprensione la padrona di casa; forse ci pensa per giorni, indecisa sul menù da programmare. Mi è capitato frequentemente di dover preparare cene, anche impegnative, all'ultimo momento; molto spesso, meno tempo ho avuto a disposizione, migliore è stato poi il risultato. Ho imparato, così, a sdrammatizzare la cosa, cercando di lavorare il più possibile con fantasia e disinvoltura. Ho cercato di avere un certo numero di ricette molto sicure e semplici che potessero essere preparate in poco tempo, «espresse». Non si tratta mai di cose elaborate e per questo motivo non hanno riservato sorprese.

Tenendo presente che la generale predisposizione è verso i cibi genuini, semplici, non ricchi; che spesso la qualità è preferita alla quantità; che la concezione di vita, per tutte le implicazioni di carattere anche dietologico ci porta ad evitare cibi che, nonostante la loro gustosità, rappresentino un pericolo per la salute, o per la linea..., ho elaborato e scelto quelli che minimizzano tali pericoli, anche se non in tutti i casi li evitano completamente.

Ho raccolto, frugando sempre fra le ricette di casa, quelle che mi sono sembrate le più idonee, che hanno sempre avuto successo e che, in ogni caso, non hanno presentato difficoltà.

Ho passato molto tempo trascrivendo ricette da distribuire, dopo le

recipes for satisfied guests. This gave me the idea of writing a book, or rather of making a collection of recipes and hints from my own experience which might be helpful to all those people who are close to me in some way. Here are all my recipes and some advice as to how they can be fitted in easily with normal household routine. Food preparation should be carried out quickly and efficiently to meet the demands of modern life.

Not for us any more the big dinner parties which leave everyone feeling full up and exhausted, when the meal has no longer been a peaceful way of spending the evening with dear friends, but a dreary task to be got out of the way and forgotten, with as little harm as possible. Have a few items only, on the menu but of good quality, healthy and delicious, and above all, a friendly atmosphere.

Tuscan cookery has a great tradition. Its derivations have not always been pure. It is without doubt French cookery. It has remained most true to its origins in straightforward, simple dishes. People of modest means, when they are at home, prepare a dish of beans on top of slices of fried bread with plenty of garlic, and pour over it a generous amount of pure virgin olive oil, freshly pressed.

A dish fit for a king, but you would never dream of offering it at an important meal, would you? Too bad. You have deprived yourself of one of the most successful dishes in your career as a hostess.

Although I have tried to go to cookery courses when this has seemed a useful idea, I am not an expert. Complicated preparations would land me in a crisis. When I have used one of the innumerable cookery books which I collect, I have hardly ever obtained the hoped-for results. I learnt how to cook at home, from my mother, making mistakes and trying again.

I went to an excellent cookery course in Rome which helped me more than anything else to appreciate the hobs which are enough to obtain a satisfactory result. I picked up a few hints which you do not find in books, for example, butter should be clarified to avoid it turning black when used for frying. I learnt the right cooking time for vegetables, and how to use my imagination (see page 173). I learnt how to put together a quick and simple menu without too much fuss. Later on, in Florence, during another very informal little cookery course, I filled a gap: the preparation of a number of desserts, typically homemade, and very simple, but once tried, they are

6

mie cene, ai miei ospiti che sembravano sempre particolarmente soddisfatti. Da qui è nata l'idea di scrivere questo libro, o meglio di raccogliere ricette ed impressioni che potessero essere di aiuto alle persone che mi sono vicine.

Sono ricette e qualche piccolo avvertimento per fare in modo che cucinare rientri nella «routine» meno noiosa della vita quotidiana, da sbrigare con piacere, senza perdite di tempo, come è nel carattere della vita moderna.

Non le grandi cene dalle quali ci si alza affaticati, quando cenare non è stato il piacevole modo di passare una sera in compagnia di persone care e simpatiche, ma un «dovere» da dimenticare e cercare di «smaltire» con meno danno possibile. Poche cose, buone, sane, gustose e soprattutto tanta simpatia.

La cucina originale toscana ha grandi tradizioni; non sempre le sue derivazioni sono state buone; lo è senza dubbio la cucina francese. Dove la cucina è rimasta semplice, là essa è se stessa: nelle case della gente che non ha grandi mezzi e che fa di un piatto di fagioli sopra le fette del pane arrostito, irrorati di olio appena franto, un piatto da re. Non vi sognereste mai di presentare questo piatto ad un pranzo importante. Malissimo. Vi siete perduti uno dei migliori successi che la vostra qualità di ospiti potesse riservarvi.

Nonostante abbia cercato di seguire corsi di cucina quando mi è sembrato utile, non sono un'esperta. Preparazioni complicate mi metterebbero in crisi; quando ho attinto dagli innumerevoli libri di cucina, che colleziono, non ho quasi mai ottenuto risultati apprezzabili. Ho imparato a cucinare in casa, guardando mia madre, ripetendo e sbagliando.

Avere frequentato a Roma una scuola di cucina molto qualificata mi ha aiutato più che altro ad amare i fornelli quel tanto che basta ad ottenere risultati soddisfacenti. Ho imparato qualche piccolo «trucco» che non si trova sui libri, come chiarificare il burro per evitare che «bruci», quando si usa per friggere (vedere pag. 173); ho imparato i tempi di cottura delle verdure, e ad esercitare la fantasia. Ho imparato a comporre un menù semplice e rapido senza troppe preoccupazioni. Più tardi, a Firenze, durante un altro piccolo corso di cucina senza pretese, ho colmato una lacuna: la preparazione di un certo numero di dolci molto «casalinghi» semplicissimi e, una volta collaudati, di sicuro successo. Dolci al cucchiaio indicati per

certain of success. These sweets are very suitable to round off a simple meal.

With this new fund of knowledge (a good expression applied to the modest subject matter of my cookery!) I have started to avoid buying too many sweet desserts at the bakers, to general approval. Elaborating as I thought best, here and there I have got rid of butter and sugar, or at least reduced their use, improving on contents without impairing flavour or appearance.

It was also due to the success of these sweets that the idea of jotting down this little collection of recipes took definite shape. Many of them may not be at all new, and I do not pretend to have invented them. We «Toscani» cook the same things, but nevertheless I have modified some of the recipes. I wanted to make them simpler, to fit in with the spirit of my programme, and also healthier to meet the needs of our own lives. One reads so much about adulteration and contamination that perhaps it really is time to review our way of life and go back more to the household stove.

Quite apart from these considerations, it often seems to me that we do not sufficiently appreciate what a wonderful gesture it is to open our house to friends, and we do not realise just what this means to them. If someone invites me home for dinner or an evening meal, they are offering me something I shall never cease to appreciate, which touches me and for which I am grateful. They are really offering me their friendship. As for me, when I throw open my house to friends, then it is not important what is on the table, because the main thing is that we are together. The meal I offer, little though it may be and prepared in haste, is really a part of me – of us – and comes from the heart. How many times has it proved to be true that even with people who came for the first time I have gained new friends.

It is so nice to be seated round a table and to be able to talk without the annoying background hubbub of a restaurant, to exchange impressions and experiences, to plan meetings, to weave the precious web of a new friendship, to create for oneself a special world in which one can move more securely and not feel that loneliness which is the source of such widespread anxiety. I am so happy when I have spent the evening in the home of friends. I really feel that I know them much better because I have been able to see

chiudere una cena o un pranzo molto sobri.

Con questo bagaglio di conoscenze (bella espressione applicata ad un argomento tanto modesto) ho cominciato ad evitare, con la generale approvazione, l'acquisto dei dolci in pasticceria. Rielaborando le ricette secondo i miei calcoli, ho tolto qua e là, o almeno ridotto, zucchero e burro, migliorando la composizione senza alterare sapore e aspetto.

È stato anche per il successo ottenuto con questi dolci che l'idea di buttare giù questa piccola raccolta di ricette si è confermata.

È probabile che molte di esse non siano una novità; non ho la pretesa di averle inventate. Noi toscani cuciniamo le stesse cose; tuttavia, alcune di queste ricette sono state modificate. Vorrei averle rese più semplici, come è nello spirito del mio programma; più sane, come è nelle esigenze della nostra vita. Dopo tutte le notizie sulle sofisticazioni, sulle adulterazioni, è proprio il caso di riavvicinarsi ai fornelli di casa.

A parte questa considerazione, mi sembra che non si valuti abbastanza quanto sia bello e significativo aprire agli amici la nostra casa, proprio per quanto la «casa» significa e rappresenta. Se qualcuno mi invita a casa per una cena o un pranzo, non mi offre solo una cena o un pranzo, mi offre qualcosa che non finisco mai di apprezzare e di cui essere grata e commossa; veramente, mi offre la sua amicizia. Quando posso apro agli amici la mia casa, ed allora non è importante quello che è sulla tavola, perché insieme a quanto ho preparato, magari poco, ed in fretta, c'è parte di me, di noi, c'è il nostro cuore. Tutte le volte che si è verificato questo, magari con persone che venivano a casa nostra per la prima volta, ho conquistato un amico.

È bello sedersi intorno ad un tavolo, parlare, senza il brusio noioso del ristorante, scambiarsi impressioni ed esperienze, progettare nuovi incontri, tessere la trama preziosa di una amicizia che nasce, crearsi un mondo particolare dove, poi, muoversi sicuri, cancellando la solitudine che è all'origine dell'inquietudine generale. Mi sento felice quando ho trascorso una sera in casa di amici, godendo della loro intimità. Ho potuto conoscerli meglio osservandoli mentre si muovono nel loro ambiente, fra le cose care che hanno voluto, sia pure brevemente, dividere con me. Da una lunga serie di incontri, conviviali o meno, deriva una più ampia conoscenza di

them in their own surroundings among the objects which they hold dear and which they have been willing to share with me, counting me as a part of their lives, if only for a short while. A long series of meetings such as this – whether convivial or not – lead to a more profound knowledge of the customs and culture of a country. They cement friendships and enlarge horizons. Active participation in other people's lifestyles enables one to feel at home all over the world.

The table is a big centre of attraction, providing an opportunity and a place for meeting one another. In front of a good meal, language difficulties, the embarrassment of new acquaintance, fears sometimes due to insecurity, – all these barriers fall.

It is difficult to make people really feel at ease, or to feel at ease oneself but a beautifully laid table usually creates the right atmosphere. Your own home, which is usually the place you love most, thrown open with enthusiasm and simplicity, is the best environment for meeting people of whom you are fond, whether friends or family. It will also be a means of showing you how much you enjoy your own home, where an open fire or a garden full of fragrance may play an important part in your personal relationships. Our life is so hectic that the desire to recoup between one's own four walls becomes more compelling every day, to get away from all the bustle, cars and smog, and shut oneself inside with people you love, with friends and those people who for whatever reason have knocked upon your door.

Usually there are just the two of us, but my table is large and always set with a clean tablecloth. It has never been a problem to «lay another place». With at least one day's notice, I can do everything very calmly, but two or three hours' warning are sufficient for me. Guests who arrive suddenly are not usually expecting anything at all exceptional. However, they know that they are always very welcome and that they will find here our usual convivial friendship. Something can always be improvised, the great thing is not to panic. Open the fridge and the freezer and have a look at the contents. In my house, there is always a small stock of best quality pasta, indispensable for preparing something rapidly; the tomatoes which we prepare during the summer; basic ingredients for a quick dessert; potatoes; cheese. In the freezer there is a piece or two of Giorgio's best quality

gente di paesi diversi, di abitudini e culture difformi; incontri che hanno, nel corso degli anni, dato modo di approfondire costumi e caratteri, cementando amicizie ed allargando il campo delle esperienze. Il risultato è quello di sentirsi a «casa» in ogni parte del mondo e di partecipare attivamente ad ogni programma che ci coinvolge.

La tavola è un grande polo di attrazione: occasione e punto di ritrovo. Davanti ad un piatto cadono le barriere della lingua, gli imbarazzi determinati dalle nuove conoscenze, le paure provocate, talvolta, dalle proprie insicurezze.

È difficile mettere le persone a proprio agio; difficile è sentirsi a proprio agio; la tavola apparecchiata crea, di solito, l'atmosfera giusta. La tua casa, che solitamente è la cosa che ami di più, aperta con semplicità ed entusiasmo, è la cornice più adatta a favorire gli incontri con le persone che ti piacciono, siano esse i tuoi amici o i tuoi familiari. Questo ti dà anche il modo di verificare quanta gioia dona il goderti la tua casa, e di apprezzare di più il camino acceso e il giardino pieno di profumi, divenuti importanti anche per le tue relazioni personali.

I ritmi della nostra vita sono tali che il desiderio di ritrovarsi fra le pareti domestiche si fa ogni giorno più urgente: mettere fuori dalla porta la confusione, le automobili, lo smog, chiudersi dentro con le persone care, con gli amici ed anche con coloro che, per qualche motivo, hanno bussato alla tua porta.

Abitualmente siamo in due, ma la mia tavola è grande e sopra c'è sempre una tovaglia pronta. «Aggiungere un posto» non ha mai rappresentato un problema. Se ho un preavviso di almeno un giorno posso fare tutto con calma, ma due o tre ore mi sono sufficienti. Gli ospiti che arrivano all'improvviso di solito non si aspettano nulla di eccezionale; conoscendo che sono, comunque, sempre molto graditi, sanno che qui trovano la nostra abituale cordialità e simpatia. Qualcosa riesco sempre ad inventare, l'importante è non «agitarsi». Si apre il frigorifero ed il freezer e si guarda che cosa c'è. In casa mia c'è sempre una piccola scorta di pasta di ottima qualità, indispensabile per le preparazioni veloci; il pomodoro che prepariamo noi durante l'estate, l'occorrente per fare un rapido dolcetto; le patate, il formaggio. Nel freezer c'è un pezzo o due dell'ottima carne di Giorgio, che può essere fatta arrosto senza scongelarla (la

meat, which can be roasted without de-frosting (it needs 20 minutes more cooking time than normally). There are fresh eggs and I try never to be without some slices of ham or bacon. Vodka, also to flavour pasta. White sauce can be a substitute for cream. And naturally there is always oil!

Since I adore mixed salads, we are never without them here. Also, there is always frozen bread in the freezer which defrosts in half an hour at room temperature, followed by ten minutes in the oven to make it crusty. It is anyway better warm. A chocolate mousse is made in ten minutes and a hot apple tart can be cooking whilst the other things are being prepared and the meal started.

When I have the time, I prepare several desserts which can be kept in the freezer and do not require a long time to be ready again, such as certain puddings or ice cream. I also keep in the freezer some vegetables all ready to put in the oven. I shall try to give some advice on this in the course of writing the recipes. In an emergency it is useful to be able to rely on foods which have been frozen to capture and keep their harvest freshness.

They are very useful when it happens that «another place» has to be laid, say, on a Sunday, or at the last moment.

I like preparing everything «quickly», and if I can do without it, I try to avoid that magnificent tray of various cold cuts which presents an easy alternative at those times when we have been delayed in town by shopping or other activities. It is too hurried and too impersonal. Therefore I make do with what I have in the house, fridge, freezer and cellar!

In my opinion, a steaming plate of spaghetti with tomato sauce, a dish of fried potatoes with a slice of the «usual» tender roast meat, and afterwards an improvised chocolate pudding always provide the best solution.

A dinner should not be a «nightmare» but an opportunity to be together with someone whose company you enjoy. It is always a new way of encountering different worlds and different cultures and this serves to broaden our horizons.

When people I do not know come for dinner, probably, at very short notice, it is my pleasure to make them feel as though they are at home, among friends and to give them a happy memory to take back with them. It is the only, and the best reward that I expect for my work as hostess.

cottura impiegherà 20 minuti in più del tempo normale). Ci sono le uova fresche, e cerco non manchi mai qualche fetta di prosciutto o di pancetta. La vodka per fare «anche» la pasta. La panna si può sostituire con una besciamella più liquida. E, naturalmente, l'olio! Poiché io adoro le insalate miste, qui non mancano mai. Anche il pane stà nel freezer e si scongela in mezz'ora a temperatura ambiente, poi dieci minuti in forno per renderlo croccante. Caldo è più buono comunque... Una mousse di cioccolata si fa in dieci minuti e la torta di mele calda cuoce intanto che si preparano le altre cose e si comincia a mangiare.

Quando ho tempo preparo qualche dolce che si conserva nel freezer e non necessita tempi lunghi per essere di nuovo pronto, come certi budini ed il gelato. Tengo nel freezer anche delle verdure già pronte per il forno, come alcune preparazioni gratinate, alcuni sformati. (Cercherò di dare dei suggerimenti intanto che ne trascrivo le ricette). Torna utile, in certi momenti di emergenza, poter contare su prodotti che si sono congelati anche solo per catturare e conservare la freschezza del momento in cui si sono raccolti.

Sono molto utili per quando l'«aggiungi un posto a tavola» vien detto di domenica o all'ultimo momento.

A me piace preparare tutto «espresso» e, se posso farne a meno, cerco di evitare quel magnifico vassoio di «affettati misti» che costituisce una facile alternativa tutte le volte che ci siamo attardati in città per acquisti o per le varie attività della giornata. Lo considero troppo frettoloso ed impersonale; così mi organizzo con i mezzi che ho a disposizione in casa, frigo, freezer, cantina.

Trovo che un piatto di fumanti spaghetti al pomodoro, un vassoio di patatine fritte, una fetta del «solito» tenero arrosto e per chiudere in dolcezza, un improvvisato budino di cioccolata sono sempre la soluzione migliore.

Una cena non deve essere un incubo ma l'occasione per stare insieme a qualcuno che ci piace, con cui dividere qualcosa; è un incontro sempre nuovo con esperienze e culture diverse, che allargano il nostro campo di conoscenza.

Mi capita di avere a cena, magari all'improvviso, qualcuno che non conosco; farlo sentire a casa propria, fra amici, con un buon ricordo da portarsi via, è tutto quanto di meglio mi aspetto dal mio impegno di padrona di casa.

If I look out of the window of my house, I have an incredible view. We did not choose this location by chance when moving from Rome. The route followed by the motorway through Tuscany, South of Florence traverses what is doubtless one of the most beautiful landscapes in the country. It was not easy to leave Rome, however for many reasons, not least, because it is a fascinating city. Besides this I had to overcome a certain sense of not belonging here and of being unable to find myself a proper «niche» in my own countryside. I have succeeded in overcoming this difficulty because of what I have found here, and I am aware of it – «each time that I return». There is no place that can give so much. The hills, one superimposed on the other as if depicted in a primitive painting; the many different shades of green; the soft hues of the sky at sunset – now blue, now rosy, now grey; the flowers whose colours seem to have been put on with a paintbrush – yellow for broom and rape plant, pink and red for roses and geraniums, periwinkle colour for irises and lilies; the olives.

The olive trees have given me a job to watch them, look after them, to harvest the fruit. To talk about them. They have become important, they are friends. They listen to you, they belong to you, they need you and reward you for what you have given. They seem to be growing so independently, but they need your help. You always thought they were strong because they were old and robust, but you have seen them suffer and die, suffocated by the cold like a child. And the oil? Let us talk about this marvellous gift of nature, genuine oil made from the fruit of our trees so much sought after and appreciated. It is special because it is unique, the product of sunshine only and much loving care. There must be continual human vigilance for many months during which time the first timid little flowers form, fragile and invisible, then the little fruit appears and later matures until finally, with the autumn, the harvest can begin.

It is not easy for us, who are unfamiliar with country ways, to be subject to those «mercenaries» who transform our love into a purely economic problem.

When the olives are ripe, and it is already cold because it is November, they start to be counted, nearly one by one because this

14

Se mi affaccio alla finestra della mia casa, quello che vedo sembra incredibile. Non a caso abbiamo scelto questa località per trasferirci da Roma. Percorrendo l'autostrada ed attraversando la Toscana, il paesaggio, a sud di Firenze, è senza dubbio uno dei più belli d'Italia. Lasciare Roma non è stato facile, comunque, per una serie di ragioni, non ultima il fascino che la città esercita.

Inoltre dovevo supplire alla delusione di non essere riuscita a costruirmi un rifugio nel mio paesello nativo, e quello che ho trovato qui mi compensa. Lo sento «ogni volta che torno». Nessun altro luogo può darmi tanto!

Le colline che si rincorrono come in un quadro naif, i mille verdi diversi, i colori teneri del cielo al tramonto, ora azzurro, ora rosa, ora grigio; le pennellate colorate dei fiori, gialle per le ginestre e la colza, rosa e rosse per le rose ed i gerani, pervinca per gli iris e i lillà; gli olivi.

Gli olivi mi hanno dato un lavoro. Guardarli, curarli, raccoglierne i frutti. Parlarne. Sono diventati importanti, sono amici. Sono qualcosa che ti appartiene, che ha bisogno di te, e ti ricompensa per quello che dai. Sembrano crescere indipendenti ma chiedono aiuto a te. Li hai sempre pensati forti perché vecchi e vigorosi, ma li hai visti soffrire e morire come creature soffocati dal freddo.

L'olio? Parliamo di questo dono meraviglioso della natura, di quell'olio genuino che producono i nostri olivi, così apprezzato e richiesto. Speciale perché unico, fatto di sole e di tanta cura.

Dai primi timidi fiorellini, fragili ed invisibili, alla formazione dei frutti, vulnerabili, alla maturazione, passano tanti mesi durante i quali la vigile presenza umana si rende indispensabile, fino all'autunno avanzato, quando inizia la raccolta: non facile impresa per noi che poco conosciamo le cose della campagna, in balia di «mercenari» che trasformano il nostro amore in un problema solamente economico.

Quando le olive sono mature, ed è già freddo perché è novembre, si comincia a contarle quasi ad una ad una, perché così si prendono dai rami e, liberate dalle foglie, si portano al frantoio.

Talvolta può accadere che vengano frante nel cuore della notte. Chi accudisce a questo lavoro fa una lunga veglia vicino al camino acceso aspettando che l'olio esca dalle presse. Il nostro olio è diverso dal gran numero degli olii che si trovano in commercio,

is how they are plucked from the branches. They are freed from leaves and taken to the olive press. Sometimes it can happen that the oil starts oozing out of the press in the middle of the night. Whoever is responsible for this work has to stay up a long time beside the open fire waiting for the oil to come out of the press.

Our olive oil is different from most of the oil which can be found in the shops, because – as is very seldom the case with other oil – it is cold pressed. This process consists of an initial pounding of the olives with manually operated stone wheels which reduces them to a pulp. This pulp is distributed on to disks of natural fibre which are inserted into a press, one on top of the other, and then squeezed very slowly until all the oil has been completely extracted.

Whilst the steel press which locks in the cylinder with the disks is going down very very slowly, you can see the oil coming out at the side, nearly drop by drop, dark, thick and sweet-smelling.

The oil is collected into a tub; and then washed with water so that impurities incurred in its production are separated out. The oil is green and bitter. It catches your throat with its pungency which it will lose after some weeks, but already now it tastes good. In fact, by the open fire where we are keeping warm whilst waiting, pieces of bread have been toasted, and we have prepared the first thick slices for ourselves.

No electric or electronic machines such as can be found in many olive presses nowadays, instead just time and patience, with a genuine product as the end result.

After the oil has been resting for several days in great earthenware pitchers to allow all the impure sediment to sink to the bottom, we start to bottle it and send it – in small quantities as it is so precious – to friends in Italy and abroad who appreciate its purity. The oil of which we are so proud goes together with our love of the Tuscan countryside, and of life in the open air – to the extent that authentic products still remain.

I remember that when we were small, our favourite snack was bread with olive oil. There were none of those numerous commercially made little snacks which distract children today and rob them of a taste for good and simple fare. But to counteract these bad habits, bread with oil in many disguises has returned to our table: bread

perché, come pochi altri, viene franto a freddo. Tale frangitura consiste in una prima macinatura delle olive con ruote di pietra che, manovrate a mano, riducono il tutto in poltiglia. Questa viene distribuita su dischi di fibra naturale, infilati uno sull'altro, in una pressa che molto lentamente li comprime fino a quando tutto l'olio esistente è completamente spremuto. E lo si vede, mentre la pressa di acciaio abbassandosi stringe il cilindro dei dischi, uscire lateralmente, quasi goccia a goccia, scuro e denso, profumato.

Raccolto in una vasca, l'olio viene purificato, con l'aiuto di acqua che lo separa dalle scorie di lavorazione. È verde ed amaro: attacca la gola con la sua asprezza, che perderà dopo settimane, ma è già buono. Invero, proprio in quel camino presso il quale ci siamo scaldati aspettando la fine della spremitura delle olive, abbiamo arrostito delle fette di pane per la prima «fettunta».

Niente di elettrico o elettronico, come ormai in molti frantoi, ma fatica di braccia, tempo e pazienza e, come risultato, un prodotto genuino.

Dopo che l'olio ha riposato per diversi giorni nei grandi orci di terracotta per permettere alle residue impurità di depositarsi sul fondo, cominciamo ad imbottigliarlo, per spedirlo, in piccole quantità tanto è prezioso, agli amici in Italia e all'estero che ne apprezzano la purezza... Con l'olio di cui siamo tanto orgogliosi, va in giro il nostro amore per la campagna Toscana, per i suoi prodotti più tipici, per la vita all'aria aperta, per quanto di autentico è rimasto.

Ricordo che quando eravamo piccoli, la nostra merenda preferita era il pane con l'olio. Non c'erano le mille merendine industriali che confondono la mente dei bambini e tolgono loro il gusto delle cose semplici e buone. Ma, come per ripicca, quella vecchia abitudine è tornata sulle nostre tavole mascherata da «bruschetta»: pane, olio; pane aglio pomodoro e olio; pane peperoni ed olio.

Spaghetti aglio olio e peperoncino! Dopo cena , e dopo una lunga serata parlando e scherzando con gli amici, avete provato ad arrivare in mezzo a loro con una zuppiera di fumanti spaghetti aglio olio e peperoncino? L'appetito si riaccende improvvisamente ed anche il sorriso.

Conoscete la delizia di una semplice insalata di mozzarella, pomodoro e origano se ci rovesciate sopra tanto olio fresco, verde ed amaro come quello appena spremuto?

with oil and garlic; bread with garlic, tomatoes and oil; bread with peppers and oil.

Spaghetti with garlic, oil and chillis!

After supper and after a long evening spent talking and laughing with friends, have you tried arriving in the middle of them carrying a tureen of steaming spaghetti with garlic, oil and chillis? They will suddenly find their appetites have come back with a smile.

Do you know the delights of a simple salad of mozzarella, tomatoes and majoram if fresh olive oil is poured over it, green and bitter, straight from the press?

I have already spoken of a dish consisting of bread with small cooked beans and oil on top, omitting to explain that we Tuscans test the quality and flavour of oil by actually using it on hot boiled beans which enhance its fragrance.

Having overcome a phase of bad publicity, olive oil, falsely accused of being responsible for an increase in cholesterol levels, has now returned to re-occupy a prominent place on our tables.

We Tuscans were born and bred in the culture of this food. Nobody knows better than we do how much taste and lightness may be obtained by substituting oil for butter. You will realise this when following my recipes. But I should once again like to put on record how often the flavour of a dish which has turned out rather insipid can be enriched by the addition of a drop of olive oil.

Just a small amount is sufficient, trickled over chick pea or bean soups, or over rice cooked when you were not feeling well, on top of the pasta prepared when there was nothing else in the house, over boiled vegetables, and naturally, with all kinds of salads.

Ho già detto del pane con sopra fagioli cannellini lessati e olio, tralasciando di spiegare che noi toscani proviamo la qualità ed il sapore dell'olio usandolo proprio sui fagioli lessi caldi che ne esaltano la fraganza.

Superata la fase della cattiva pubblicità, ed accusato a torto di essere responsabile dell'aumento del colesterolo, l'olio d'oliva è tornato a ricoprire il suo posto preminente sulle nostre tavole.

Nessuno meglio di noi toscani, nati e cresciuti nel culto di questo condimento, sa quanto di gusto e leggerezza si guadagni sostituendo il burro con l'olio. Seguendo le mie ricette potrete rendervene conto. Ma vorrei, infine, mettere in evidenza quanto una goccia di olio possa spesso arricchire di sapore una preparazione venuta un poco insipida. Sarà sufficiente un "filino" sui passati di verdura, sulle minestre di ceci e di fagioli, sul riso bollito quando non state perfettamente bene, sulla pasta preparata quando in casa non c'è altro di pronto, sulle verdure lesse e, naturalmente, su tutte le insalate.

Gli Antipasti

Antipasti

Antipasti

It seems to me that, for one reason or another, antipasti, rather than «preparing the stomach» undermine interest in subsequent dishes which are the important part of a meal. Consequently, I am not a supporter of antipasti, which fact is born out by the type and limited number of recipes which follow.

The customary fine slice of prosciutto crudo served in summer with chilled melon is all right, especially because in this way there is no need for a first course.

If I have prepared for a first course – as I often do – ravioli with ricotta, or pumpkin, I find it amusing to fry a certain number, say two or three of them per head, and to serve these with the aperitif (which may be a glass of good cold white wine or champagne), before people sit themselves down at the table. In the same way, and with the same aperitif, I might prepare some sticks of celery and a cream made of Gorgonzola or Robiola (soft cheese), flavoured with herbs, e.g. chives; or else pieces of warm toast garnished with a spread of sausage and stracchino (soft cheese), only two per head, whilst waiting for the pasta to be ready. In the summer, half a melon with a few drops of port wine inside it is very good. But really, let that be all. Elaborate sandwiches and other concoctions take up far too much time and attention, not to mention spoil appetites for the meal you have prepared.

For a very short period, when the olive oil has just been freshly pressed it is very green and has a bitter flavour. In order to savour it like this – because afterwards it will never be quite as good – I prepare a dish of cooked tender young butter beans. I would suggest serving these very hot, as an hors d'oeuvre, sprinkled with plenty of

Gli Antipasti

Mi sembra che gli antipasti, più che "preparare lo stomaco", affievoliscano, per un motivo o per l'altro, l'interesse per i piatti successivi, che sono le colonne portanti di un pranzo. Non sono, dunque, una sostenitrice degli antipasti e il numero limitato e il genere delle ricette che seguono lo confermano.

Va bene la solita fetta di prosciutto servita in estate con il melone ghiacciato specialmente perché, in questo modo, si può eliminare il primo.

Se ho preparato per primo, come faccio spesso, dei ravioli di ricotta o di zucca, trovo divertente friggerne un certo numero, diciamo due o tre a testa, e servirli, prima di mettersi a tavola, con gli aperitivi: un buon bicchiere di vino bianco secco o di champagne.

Nello stesso modo e con gli stessi aperitivi posso preparare due gambi di sedano con una crema di gorgonzola o robiola aromatizzata con erbe (cipollina, per esempio); oppure un crostino caldo fatto con una crema di stracchino e salsiccia, scaldato in forno: solo uno o due a testa, intanto che si aspetta che la pasta sia pronta. In estate mezzo melone con qualche goccia di porto. Ma proprio tutto qui. Le elaborate tartine sottraggono troppo tempo e tanta attenzione, per non dire gusto, a quanto preparato.

Per un brevissimo periodo, quando l'olio è appena arrivato dal frantoio, ed è verdissimo ed amaro, per farlo gustare così come è, e come non sarà mai più, preparo dei fagioli cannellini bolliti e, caldi caldi, irrorati d'olio, li propongo come antipasto accompagnati da fettine di pane rustico leggermente inagliate.

Una volta tanto, se proprio desidero aprire alla grande, preparo le

oil and accompanied by slices of dark bread (not wholemeal, but made with unrefined flour), lightly flavoured with garlic.

Very very occasionally, if I really want to entertain on a grand scale, I prepare little egg flans. Although these involve a certain amount of work, they are not difficult to make and are most effective. This is a «jolly» dish and can be hors d'oeuvre, first course or second course.

Formine di uova. Questa è una preparazione moderatamente laboriosa, ma non difficile e di sicuro effetto. È un piatto jolly, valido per antipasto, per primo o per piatto di mezzo.

Egg flans (for 6 people)

3 fresh eggs; Half a litre of milk; 100 grams of best quality cooked ham; not too thinly sliced; White sauce; sliced packet bread.

Moulds of 6 cent. diameter are needed for this dish.
Beat the eggs in a bowl and for each egg add half a shellful of milk. Lightly salt. Butter the moulds and sprinkle them with very fine breadcrumbs, being very careful to shake off any excess crumbs. Divide the egg and milk mixture between the moulds and then put them to cook in a bain-marie (water bath) at first on the top of the stove, and afterwards in the oven. The right moment for putting them in the oven is when they feel lightly firm when tested with a toothpick. Put them into the oven so that they can form a crust on top. They should end up as a thick confectioner's cream. Prepare a runny white sauce using 25 g. of butter, two large heaped tablespoonfuls of flour and the necessary amount of milk (so that the sauce is not too runny, just of the right consistency to pour on top of the egg moulds so that it stays on top and coats the sides). Season the sauce first with salt and nutmeg. Fry 6 slices of the bread in butter trimming them to circles, approx 7-8 cm. in diameter. Place these in a large shallow dish suitable for bringing to the table, and put on top of the bread thick round shapes of ham of the same size. Turn the contents of the moulds out on to the ham bases, being very careful not to break their shapes. Before turning them out you can separate the contents from the sides of the moulds using a small sharp-pointed knife (buttering and breadcrumbing beforehand should have made this easy to do). Pour the white sauce over the top of them and serve hot.

Formine di uova (per 6 persone)

3 uova molto fresche; mezzo litro di latte; 100 grammi di prosciutto cotto; besciamella; pane in cassetta.

Occorrono delle formine cilindriche di metallo di 6 cent. di diametro.

Rompere le uova in una terrina ed aggiungere per ogni uovo mezzo guscio di latte, salare e battere leggermente.

Imburrare le formine e cospargerle di pangrattato finissimo facendo attenzione di togliere tutta la eccedenza. Riempirle con il composto e porle a cuocere a bagnomaria, prima sul fuoco e poi in forno. Trasferirle in forno, per formare una crosticina, quando si sono leggermente rassodate. Dovrebbero risultare come una crema pasticcera ben compatta.

Con 25 grammi di burro, due cucchiai di farina ed il latte necessario, fare una besciamella liquida ma consistente perché possa essere rovesciata sulle formine di uova rimanendovi aderente. Salare ed aggiungere una idea di noce moscata. Friggere nel burro sei dischi di 7/8 cent. di diametro di pane in cassetta.

A questo punto, preparare su un vassoio di portata fondo, le rondelle di pane fritto, adagiarvi sopra dei dischi di uguale misura ritagliati nel prosciutto cotto piuttosto spesso, indi rovesciarvi il contenuto delle formine facendo attenzione che il piccolo sformato non si rompa; infine versare sopra la besciamella. Servire caldo.

I Primi Piatti

First Courses

First Courses

It is not important to have a large selection of recipes for first courses for evening meals or dinner parties. It is more important to have a certain number of safe recipes. Your guests will not always be the same people and also the normal management of your own household does not call for a large variety. Rather let your imagination help you. Substitute ingredients according to the time of year, vary the type of pasta. Sometimes it is enough just to alter the presentation of a dish.

I have copied out for you a certain number of suggestions for first courses, starting with two recipes containing meat, which I myself use only very rarely. At our house meat sauces are not particularly appreciated. However, I can assure you that they are quite different from classical meat sauces which are always fairly hard work and heavy. These ones are easy to make, like all my dishes, and equally tasty.

Wanda Paola's meat sauce

100 grams lean veal; 100 grams lean pork; 100 grams mortadella (Bologna sausage); 1/4 litre milk; 1 tin of ready-prepared tomato sauce; 1 small tin of peeled tomatoes; flavourings: onion; garlic; parsley; celery; carrot; basil.

Cut up all the herbs very finely and fry lightly in plenty of olive oil (mixed with a very little water). Add some stock if there is a risk of burning. Naturally, the stock can be prepared with a cube. You can also simply use hot water.

When the flavourings are well cooked, add the meat and the mortadella which have been carefully minced and from the first

I Primi Piatti

Non importa avere un grosso numero di ricette di primi piatti per preparare un certo numero di pranzi o cene. È più importante avere ricette sicure. Gli ospiti non sono sempre gli stessi, ed anche la normale conduzione della propria casa non richiede una grossa varietà. Piuttosto può essere di aiuto la fantasia, sostituire gli ingredienti a seconda della stagione, variare il tipo di pasta; qualche volta serve anche solo variare la presentazione.

Qui di seguito trascrivo alcuni condimenti per i primi piatti cominciando da due ricette con la carne che io, però, faccio raramente. In casa mia i ragù non sono molto apprezzati. Posso tuttavia assicurare che si discostano sensibilmente dai classici ragù di carne, sempre abbastanza laboriosi e pesanti; sono facili come tutta la mia cucina e gustosi.

Ragù di Wanda Paola

100 grammi di magro di vitello; 100 grammi di magro di maiale; 100 grammi di mortadella; 1/4 di latte ;1 confezione piccola di pomodori pelati; una confezione di polpa pronta (salsa di pomodoro);odori: cipolla, aglio, prezzemolo, sedano, carota, basilico.

Tagliare sottilissimi tutti gli odori e soffriggere in abbondante olio di oliva (stemperato con pochissima acqua), aggiungere brodo se rischia di bruciare. Naturalmente il brodo può essere preparato con un dado. Si può usare anche semplicemente acqua calda.

Quando gli odori sono ben cotti aggiungere la carne e la mortadel-

moment be careful that it does not go into lumps. When everything is well blended, add the milk and the tin of ready-prepared tomato sauce and the peeled tomatoes. Let it cook over a moderate heat so that the oil is absorbed. Salt if necessary (be careful).

The other recipe containing meat is a very special one, with a most delicate flavour. It is fairly simple, but it is necessary to follow it to the letter. I got this recipe from a friend – also a very special person – who has long been familiar with cooking the way they do it in Modena. She lives quite far away, otherwise, who knows, it might have been possible to include some other very worth-while recipes.

Maria Grazia's meat sauce

200 grams milk veal; 1 onion; 1 stock cube; spices; milk, salt and pepper; oil; tomato concentrate; 20 g. butter.

Put into a cold frying pan: Two generous table spoonfuls of olive oil On top of the oil, form a small bed of white onion, cut very finely (a large onion). Immediately on top of this, using scissors, cut up 200 g. of very young tender veal which has been previously weighed and thinly sliced. Add the pepper, crumbled stock cube and the spices (nutmeg, cinnamon) – as much of each as you can pick up with three fingers.
Start to cook over a moderate heat, uncovered, and do not stir or touch it with spoon or ladle. When the onion is moist, raise the heat slightly and brown the meat. At this stage, add 3 dessert spoonfuls of milk (better use a wooden spoon which is not so deep) and reduce.
Now add a small piece of butter and reduce again.
Put two fingers' width of tomato concentrate into a glass, dilute with water until the glass is full (if it is a small one), pour it all into the pan and further reduce. Taste for salt.
When the water has evaporated the sauce is ready. The end result should be very pale in colour.

Now a quick little recipe.

2 good onions (white or red); 1 carrot; celery (very little); basil (plenty); half a kilo

la accuratamente macinati facendo attenzione nel primo momento che non si formino grumi. Quando tutto è bene amalgamato aggiungere il latte, la piccola confezione di polpa pronta ed i pomodori pelati. Fare cuocere a fuoco moderato finché non torna fuori l'olio. Aggiustare di sale.

L'altra ricetta con la carne è molto speciale, il suo risultato è molto delicato. È assai semplice ma bisogna eseguirla alla lettera. È la ricetta di una amica anche lei molto speciale, che la sa lunga sulla cucina emiliana. Vive abbastanza lontana altrimenti, chissà, avrebbe potuto inserire altre ricette validissime.

Ragù di Maria Grazia

200 grammi di vitella di latte; 1 cipolla; 1 dado; spezie; latte; sale e pepe; olio; concentrato di pomodoro; 20 grammi di burro.

In un tegame a freddo mettere: due cucchiai colmi di olio di oliva, formare sopra l'olio un lettuccio con cipolla bianca tagliata molto sottile (una grossa cipolla) subito sopra tagliuzzare con le forbici circa 200 grammi di vitella di latte che vi sarete fatta preparare a fettine;pepe, dado sminuzzato, spezie (noce moscata, cannella) quante se ne può raccogliere con tre dita.
Fare andare a fuoco moderato, scoperto, senza girare o toccare con cucchiaio o mestolo.
Quando la cipolla si è liquefatta, alzare leggermente il fuoco e fare rosolare la carne.
A questo punto aggiungere 3 cucchiai di latte (meglio usare un cucchiaio di legno che è meno profondo) e lasciare ritirare.
Aggiungere adesso un pezzettino di burro e lasciare ritirare. Mettere in un bicchiere piccolo due dita di concentrato di pomodoro, allungare con acqua fino a riempire il bicchiere, rovesciare il tutto nel tegame e fare ritirare. Aggiustare di sale.
Quando l'acqua è ritirata il ragù è pronto. Deve risultare molto chiaro.

Salsa veloce

2 belle cipolle (bianche o rosse); 1 carota; sedano (pochissimo); basilico (abbon-

of fresh tomatoes; half a glass of white wine; 1 small tin of cream; as much olive oil as needed.

Cut up the onions, carrots, celery and basil and fry them lightly in oil and water, add the wine, let it evaporate, then add the tomatoes. Let cook for 10 minutes, sieve it all, and add the cream.

Vodka sauce (for 4 people)

400 grams pasta (the most suitable are «sedanini», i.e. small rigatoni); 100 grams fat bacon (unsmoked), finely sliced; 500 grams peeled tomatoes; 200 grams of single cream; parmesan and vodka, as needed, oil.

Gently fry the bacon (cut into thin strips) without letting it turn colour. (As a precaution against sticking, it is also necessary to add a little water to the oil). Add half a glassful of vodka and let it evaporate. Season with salt. Add the peeled tomatoes and allow to simmer gently. Half way through cooking, add another half glassful of vodka, and five minutes after this, add the cream, the parmesan and the pasta which in the meantime has been boiled until nearly ready. Blend everything together for a minute or two.
For this dish, use a pan large enough to contain the pasta which as mentioned, is added to the other ingredients at the end, having first been cooked separately in boiling salted water.
This is a subtle dish, but extremely simple. The only thing you have to be careful about is to fry the bacon very gently so that it does not burn, or worse still, frizzle.

Tomato sauce

2 kg. of very ripe tomatoes; 1 clove of garlic; 2 onions; plenty of carrots and celery.

Put all the above ingredients, without seasoning, into a pan, bring briskly to the boil, then turn down the heat as low as possible, cover, and simmer for half an hour, stirring often. Pass it all through a sieve

dante); 1/2 chilo di pomodori freschi; 1/2 bicchiere di vino bianco; 1 confezione piccola di panna; olio di oliva quanto basta.

Tagliare cipolle, carote, sedano e basilico e soffriggere leggermente in olio ed acqua, aggiungere il vino, evaporare, poi i pomodori. Cuocere dieci minuti, passare il tutto e aggiungere la panna.

Salsa alla Vodka (per 4 persone)

100 grammi di pancetta (non affumicata) tagliata sottile; 500 grammi di pelati; 200 grammi di panna da cucina; parmigiano e vodka quanto basta, olio.

Rosolare dolcemente la pancetta tagliata a listerelle sottili senza farla colorire (avere l'avvertenza di unire all'olio necessario anche un pochino di acqua) aggiungere mezzo bicchierino di vodka e farla evaporare; salare; aggiungere i pelati e fare cuocere dolcemente; a metà cottura aggiungere un altro mezzo bicchierino di vodka e, dopo cinque minuti, la panna, il parmigiano e la pasta, che nel frattempo sarà stata portata quasi a cottura. Amalgamare bene per un minuto o due.
Per preparare questo piatto usare una teglia larga dove in ultimo possa essere, come detto sopra, aggiunta anche la pasta, cotta separatamente in acqua salata. La pasta adatta a questo condimento è «sedanini» cioè piccoli rigatoni.
Questa è una preparazione raffinata ma estremamente semplice. La sola accortezza sta nel fare rosolare la pancetta molto dolcemente per evitare che bruci, e soprattutto che frigga.

Salsa di pomodoro

2 kg. di pomodori ben maturi; 1 spicchio di aglio; 2 cipolle; carote e sedano abbondanti.

Cuocere il tutto senza condimento sul fuoco vivo fino alla ebolliz-zione poi abbassare al minimo, incoperchiare e lasciar cuocere per mezz'ora girando spesso. Passare il tutto al passaverdura e conser-

and keep in the refrigerator. Just before using, add raw olive oil (i.e., at the moment of adding the sauce to the spaghetti). Butter can be added if preferred, but I do not advise it.

Onion sauce

Onion sauce is very tasty and goes well with pasta. There is nothing difficult about it, but it needs a lot of patience. It can be prepared in advance and kept in the fridge or freezer for possible future use. It just needs to be heated up with the addition of a little butter. It is a simple concoction of onions, sliced very finely and allowed to cook extremely gently in olive oil for at least five hours in a covered pan. The onions must not be allowed to burn but just soften slowly. We can help this process by the cautious addition of a few drops of water; the water vapour which condenses on the lid is also of help. Half way through the cooking time, add pepper and salt to taste, and one or two stock cubes according to the amount of onions. Finally, dilute by adding a little bit of butter, which process we shall repeat whenever we use the sauce if we are taking it out of the store.
Can be used as a dressing on rigatoni, with or without parmesan.

I usually serve different first courses in the summer than in the winter. Cold weather calls for something richer and more robust. Ravioli, for example, especially in the truffle season is most appetising and inviting.

vare in frigorifero. Al momento dell'uso (cioè al momento di condire la pasta) aggiungere olio crudo o burro se preferito, ma non consigliato.

Salsa di cipolla

Un gustoso condimento per la pasta è quello di cipolle. Niente di difficile ma tanta pazienza. Si può preparare per tempo ed averlo in frigorifero o in freezer per possibili evenienze. Basta scaldarlo e aggiungere un poco di burro.
È una semplice preparazione a base di cipolle, tagliate sottilissime e lasciate a cuocere, piano piano, in poco olio, a pentola coperta per almeno cinque ore. Non debbono bruciarsi ma solo disfarsi lentamente; possiamo aiutarci con qualche goccia di acqua via via, ed aiuta anche il vapore acqueo che scende dal coperchio. A mezza cottura si aggiusta di sale e pepe, si aggiunge un dado o due a secondo della quantità e, in ultimo, un poco di burro per allungarlo; cosa che ripeteremo ogni qualvolta che lo useremo se lo terremo di scorta. Condire i rigatoni, senza o con parmigiano.

I miei primi piatti, solitamente sono diversi da inverno ad estate. Quando è più freddo sono graditi piatti «più robusti» apparentemente più ricchi; i ravioli, per esempio, soprattutto durante la stagione dei tartufi, che da soli sono sufficienti a renderli importanti, invitanti ed appetitosi.

To make enough dough for six people:

600 grams strong flour; 6 or 7 eggs (depending on size); salt.

Put the flour on to a wooden pastry board or on a slab of marble. Make a well in the centre and put the eggs and a pinch of salt in this. Combine the eggs with the flour very gently and knead thoroughly until a smooth soft dough is obtained (it is ready when little bubbles form on the surface of the «ball» of dough). At this stage it should be rolled out with a rolling pin or put through the little machine made for this purpose. (I can hear my husband give a cry of horror, but I will absolve you if you use the little machine). With this, it is possible to make tagliatelle, lasagne and taglierini. Otherwise, using the wide-band setting, or else «stretching» the dough out entirely by hand, you can prepare ravioli and tortelli in various forms. In this case, distribute small amounts of the filling at regular distances over the dough. Fold it over on top of itself and then seal it with the little roller gadget which is used for making home-made ravioli etc.

Fillings *for ravioli with ricotta* (for 6/8 people):

500 grams sheep's ricotta; 500 grams spinach; (or beetroot);100 grams gorgonzola; 2 eggs; 100 grams parmesan; salt and nutmeg.

Boil and finely chop the spinach (or beetroot). Add the ricotta, the eggs, the grated parmesan, the gorgonzola and a little bit of salt and grated nutmeg. Mix well until completely blended. Fill and seal the pasta as indicated above.
Cook in plenty of boiling salted water. Serve them preferably with fresh butter and parmesan, and with truffles when these are available.

Fillings *for pumpkin tortelli* (for 6/8 people)

1 kg. yellow pumpkin (possibly round); 200 grams stracchino cheese; 100 grams grated parmesan; 2 eggs; nutmeg, grated lemon rind, salt.

Peel the pumpkin, wrap it up in a white kitchen cloth and boil it in

Pasta (per 6 persone):

600 grammi di farina [tipo 00 o di grano duro]; 6 o 7 uova (secondo la grossezza); sale.

Mettere la farina sulla spianatoia o sulla lastra di marmo, praticare un buco nel mezzo della farina e metterci dentro le uova e un pizzico di sale; incorporare la farina alle uova piano piano e lavorare a lungo finché l'impasto risulti liscio e morbido (sarà pronta quando sulla superficie della «palla» si formeranno delle bollicine). A questo punto deve essere stesa con il matterello o con l'apposita macchinetta (sento un grido di orrore da parte del marito, ma siete assolte da me se usate la macchinetta). Si possono ricavare taglia-telle, lasagne, taglierini oppure, lasciando le fasce larghe, o, nel caso sia stata «tirata» a mano tutta intera, si possono preparare ravioli e tortellini di varie forme. In questo caso distribuire piccoli mucchi di "farcia" (ripieno) a distanza regolare, ripiegare la pasta sui mucchietti e chiudere con l'apposita rotella.

Ripieno: *per ravioli di ricotta* (per 6/8 persone):

500 grammi di ricotta di pecora; 500 grammi di spinaci (o bietola); 100 grammi di gorgonzola; 2 uova; 100 grammi di parmigiano; sale e noce moscata.

Lessare e tritare finemente gli spinaci (o bietola), aggiungere la ricotta, le uova, il parmigiano grattato, il gorgonzola, un poco di sale ed un poco di noce moscata grattugiata. Lavorare bene finché tutto sia perfettamente amalgamato. Riempire la pasta e chiudere come indicato sopra.
Cuocere in abbondante acqua salata, condire preferibilmente con burro fresco e parmigiano e, quando reperibili, con i tartufi.

Ripieno: *per tortelli di zucca* (per 6/8 persone)

1 kg. di zucca gialla (possibilmente tonda); 200 grammi di stracchino; 100 grammi di parmigiano grattugiato; 2 uova; noce moscata e scorza di limone grattugiata; sale.

Togliere la scorza alla zucca, avvolgerla in un panno bianco e

salted water for a good half hour. Drain well, possibly overnight, in a colander and then make it into a puree by putting it through a sieve. Put this puree into a large bowl, together with the stracchino, eggs, nutmeg, a trace of grated lemon rind, a good handful of parmesan and a little salt. Follow the same method as for ravioli in the preceding recipe, being careful to place them on a clean cloth sprinkled with breadcrumbs just as soon as they have been prepared. N.B. These ravioli should be prepared at nearly the last moment because the pumpkin tends to become watery and make the pasta soggy. For this reason it is a good idea once you have drained it in the colander, to spread the pumpkin out on to clean cloths and pat it dry as much as possible.

The normal recipes for tortelli with pumpkin originate in Mantua and include the addition of macaroons (almond cakes) or something similiar resulting in a rather sweetish flavour. But we have elaborated on the recipe so that it is more suited to the Tuscan palate, or in the case of this particular dish, to the Romagnolo taste. In fact, this recipe comes from my husband's family, who are genuine Romagnolos.

These ravioli can be served with the same accompaniments as for ravioli with ricotta: fresh butter, parmesan, truffles. Nevertheless, tomato sauce, lightened by the addition of a spoonful of cream, is equally suitable.

Tagliolini nests browned in the oven (for 6 people)

600 grams of tagliolini; 200 grams of boiled ham.
For the white sauce: *25 grams butter; 25 grams flour; half a litre of milk; salt and nutmeg, as needed.*

Cook the tagliolini «al dente» (i.e., till not quite soft) and reconstruct the «little nests» (which is how they usually look when dry), putting them into a buttered fireproof dish. Before doing this, flavour them with the addition of butter and plenty of parmesan. Meanwhile,

metterla a bollire in acqua salata per circa mezz'ora abbondante; lasciarla scolare bene, magari per tutta la notte, in uno scolapasta; ridurla in purea passandola al passaverdure. In una zuppiera mettere la zucca passata, lo stracchino, le uova, la noce moscata ed un nonnulla di scorza grattugiata di limone, un bel pugno di parmigiano e un poco di sale. Procedere come per i precedenti ravioli, avendo cura di adagiarli, via via che vengono preparati, sopra un telo pulito spolverizzato di pangrattato.

N.B.: Questi ravioli dovrebbero essere preparati all'ultimo momento perché la zucca tende a fare acqua e ad inumidire la pasta. A tale proposito potrebbe essere utile, dopo aver lasciato la zucca a sgrondare nello scolapasta, tentare di asciugarla il più possibile stringendola e torcendola in panni asciutti.

La ricetta dei ravioli di zucca proviene da Mantova dove questi si preparano aggiungendo amaretti o altro, con un risultato piuttosto «dolciastro». Abbiamo rielaborato la ricetta per adeguarla al gusto toscano, o meglio, nel caso di questo piatto, al gusto romagnolo. Questa ricetta proviene infatti dalla famiglia di mio marito, romagnolo puro sangue.

Per i condimenti di questi ravioli valgono i suggerimenti dei ravioli di ricotta: burro fresco, parmigiano, tartufi; tuttavia una leggera salsa di pomodoro fresco, reso rosato dall'aggiunta di un cucchiaio di panna, è ugualmente indicata.

Nidi di tagliolini gratinati (per 6 persone)

600 grammi di tagliolini; 200 grammi di prosciutto cotto; burro e parmigiano; per la besciamella: 25 grammi di burro; 25 grammi di farina; mezzo litro di latte; sale q.b.; noce moscata q.b.

Lessare i tagliolini al dente, condirli con burro e parmigiano, poi, in una pirofila imburrata, ricomporre dei nidi. Intanto preparare una besciamella molto liquida e appena è pronta, fuori dal fuoco, aggiungervi il prosciutto cotto sminuzzato (meglio se passato al tritacarne),

41

prepare a very runny white sauce, and as soon as it is ready, take it off the heat and add the ham cut into tiny bits (or even better, put through the mincer), add nutmeg and taste for salt. Spoon this sauce over the tagliolini «nests», sprinkle with parmesan, dot with butter and brown lightly in a hot oven.

For this recipe, choose a very nice fireproof dish because it has to be taken directly from the oven to the table.

Pasta with tuna

As regards pasta with tuna fish, I have written out the following recipes specifying three ways of preparing this. One is very unusual and for this you will need unripe tomatoes.

RECIPE NO. 1 (quantities for 8)

600 g. pasta; 250 grams tuna fish in oil; 1kg. ripe tomatoes; olive oil; 1 teaspoonful (heaped) of anchovy paste; 2-3 cloves of garlic; parsley.

Brown the garlic gently in warm olive oil. Add the washed tomatoes which have been lightly squashed, and cook gently for about 15 minutes. Add the drained tuna fish cut into little pieces, and the anchovy paste and cook briefly. Finally, just a few minutes before pouring the sauce on to the pasta, add the roughly-chopped parsley. The types of pasta recommended for this kind of sauce are fiocchi, spaghetti and rigatoni.

RECIPE NO. 2 (quantities for 8)

600 grams pasta; 2-3 cloves of garlic; red chillis (optional); 250 grams tuna fish in oil; 1 heaped teaspoonful of anchovy paste; 4-5 green unripe tomatoes.

Fry the garlic and chillis in olive oil. When they have browned, add the tomatoes, cut up finely, and allow to cook for a further 15-20 minutes. Add the drained tuna fish lightly cut up, plus the anchovy paste, and taste for salt.

Suitable pastas are the usual ones for the preceding recipes, but

noce moscata e aggiustare di sale.

Rovesciare a cucchiaiate questo preparato al centro dei nidi di tagliolini, cospargere di parmigiano e fiocchetti di burro e gratinare in forno per 20 minuti.

Per questa preparazione scegliere un pirofila molto piacevole perché deve essere portata direttamente in tavola.

Pasta col tonno

Per quanto riguarda la pasta con il tonno, e di seguito ve ne trascrivo la ricetta, preciso di conoscere tre modi, uno dei quali molto insolito e che richiede i pomodori non maturi.

Ricetta n. 1 (per 8 persone)

600 grammi di pasta; 250 grammi di tonno sott'olio; 1 kg. di pomodori maturi; olio di oliva; un cucchiaio di pasta d'acciuga; aglio (due o tre spicchi); prezzemolo.

Fare rosolare dolcemente l'aglio nell'olio caldo, aggiungere i pomodori lavati e leggermente strizzati. Fare cuocere per circa 15 minuti. Aggiungere il tonno sminuzzato, la pasta d'acciughe e lasciare cuocere brevemente. In ultimo e pochi minuti prima di rovesciare il sughetto sulla pasta, aggiungere il prezzemolo tritato grossolanamente.

Pasta indicata per questo tipo di condimento: fiocchi, spaghetti e rigatoni.

Ricetta n. 2 (per 8 persone)

600 grammi di pasta; aglio (due o tre spicchi); peperoncino rosso (facoltativo); 250 grammi di tonno; un cucchiaio di pasta d'acciughe; 4 o 5 pomodori acerbi.

Scaldare l'aglio ed il peperoncino nell'olio di oliva, toglierli quando sono bruni, aggiungere il pomodoro tagliato a piccoli pezzi e lasciar cuocere per 15/20 minuti. Aggiungere il tonno leggermente sminuzzato, la pasta d'acciughe, aggiustare di sale.

La pasta adatta è la solita della ricetta precedente, ma delle piccole

43

equally good are little penne rigate. Definitely no cheese.

A fresh pasta dish incorporating all the flavour and scents of summer and using fresh ingredients, is a third version of *pasta with tuna fish*.

RECIPE NO. 3 (for 6 people)

500 grams pasta; 150 grams tuna fish in oil; oil as needed; 500 grams ripe tomatoes; basil; garlic; parsley; salt (pepper); capers and green olives.

Whilst the pasta is cooking (spaghetti, penne or rigatoni), put into the processor a good handful of parsley, 3 cloves of garlic, some basil leaves, a few green stoned olives and capers, 4 fine ripe tomatoes, peeled, and a wineglassful of olive oil. Whisk them all together. Meanwhile, take a tureen large enough to contain the pasta and its dressing, and into this put the contents of a tin of tuna fish drained of its oil. Break the fish up with a fork. Add the pasta, when cooked, and also the contents of the processor, to which you have added, at the last moment, two tablespoonfuls of the pasta cooking water. Serve at once so that the cold sauce does not cool the pasta down too much.

Tagliatelle with vegetables (for 6 people)

300 g. tagliatelline; 200 g. carrots; 200 g. small marrows (courgettes); oil and butter; basil; salt as needed and a small onion.

Another suggestion for something fresh and delicate is a light sauce made with carrots and baby marrows. A suitable pasta for this would be tagliatelline. Use a frying pan large enough to contain the pasta. Put this pan on the hot plate, pour in some olive oil and gently soften a finely chopped onion. Then add the thinly sliced carrots and allow to cook, adding a few spoonfuls of water (it will only take a few minutes). Then add the same amount of young marrows, equally finely sliced, and let these cook a little, adding a few spoonfuls of water as before. Having been thinly sliced, the carrots and marrows

44

penne rigate vanno altrettanto bene. Niente formaggio.

Una fresca pasta per l'estate, che dell'estate ha tutto il sapore e il profumo è preparata con tutti gli ingredienti freschi ed è una terza variante della Pasta al tonno.

Ricetta n. 3 (per 6 persone)

500 grammi di pasta; 150 grammi di tonno sott'olio; olio quanto basta; 500 grammi di pomodori ben maturi; basilico, aglio, prezzemolo, sale, pepe, capperi e olive verdi.

Mentre cuoce la pasta, spaghetti, penne o rigatoni, mettere nel frullatore una bella manciata di prezzemolo, 3 spicchi di aglio, qualche foglia di basilico, un po' di olive verdi snocciolate e capperi, quattro bei pomodori maturi pelati, un bicchiere d'olio di oliva e frullare il tutto.
Intanto in una terrina, dove verrà ultimato il condimento della pasta, schiacciare con la forchetta il tonno sott'olio (scolare l'olio), e a cottura ultimata rovesciare la pasta nella terrina con il contenuto del frullatore, dove, all'ultimo momento, siano stati aggiunti due cucchiai dell'acqua di cottura della pasta.
Servire subito perché il condimento freddo non abbassi troppo la temperatura della pasta.

Tagliatelle alle verdure (per 6 persone)

300 grammi di tagliatelline; 200 grammi di carote; 200 grammi di zucchini; olio e burro; basilico; sale q.b., ed una cipolla piccola.

Per altro verso fresca e delicata è una piccola salsa fatta con gli zucchini e le carote. Il tipo di pasta adatta sono le tagliatelline. Si pone sul fuoco in una padella, che poi contenga la pasta, dell'olio di oliva e ci si fa appassire una cipolla tritata finemente; poi si uniscono delle carote tagliate a fettine sottili e, con l'aiuto di qualche cucchiaio d'acqua si fanno cuocere (occorreranno pochi minuti), poi si aggiunge la stessa quantità di rondelline di giovani zucchini e si portano a cottura, sempre con l'aiuto di qualche cucchiaio di acqua. Sia gli zucchini che le carote, essendo tagliati

45

will not need long to cook. When they are nearly soft, after a few minutes, add the finely chopped basil, taste for salt, and immediately add the tagliatelline which have been sieved, but not too well drained. You can use parmesan if you like, but this dish is better without it. If you like, add a very little fresh butter.

Pasta with aubergines (for 6 people)

400 grams pasta (fusilli); 4 fine aubergines; basil; 2 fine ripe tomatoes; parsley; garlic; thyme; sage; marjoram; wild marjoram (all chopped).

Cut the aubergines into medium-sized pieces, but do not peel. Put them on to cook in a large panful of salted water for about 15 minutes, then add the pasta to the aubergines. Whilst these are cooking, take a pan large enough to contain both aubergines and pasta, and gently fry in olive oil the garlic, parsley, basil, thyme, sage and marjorams for several minutes. Add the tomatoes and let simmer for a further 10 minutes. At this stage, the pasta will be ready; add it to the above sauce, together with the aubergines which will have nearly disintegrated, leaving all their flavour.

I prefer this recipe for pasta with aubergines to the traditional one where the aubergines have to be fried with the addition of ricotta and olive oil etc. I consider that my recipe is much lighter and more digestible although obviously it is not quite so tasty. Pasta with aubergines is a typical Sicilian dish. This vegetable is used very much throughout the South of the country where the aubergines are unique in that they have much more flavour. In the whole of that region, dishes based on aubergines, even if fried, have a flavour which it is impossible to obtain with the ones we have here.
All the same, I shall never tire of emphasizing that all vegetables have a different flavour if they are fresh. Very often the success of a dish depends solely on this particular fact.

molto sottili, dopo pochi minuti saranno quasi disfatti; aggiungere il basilico sminuzzato; aggiustare di sale e mettere subito le taglia-telle scolate non troppo asciutte. A piacere il parmigiano, ma sono meglio senza. Se gradito, pochissimo burro fresco.

Pasta con le melanzane (per 6 persone)

400 grammi di fusilli; 4 belle melanzane; basilico; due bei pomodori maturi; prezzemolo; aglio; timo; salvia; maggiorana; origano (tutto tritato).

In una grande pentola di acqua salata, mettere a cuocere le melanzane tagliate a pezzetti medi, con la loro buccia, e lasciar cuocere per quindici minuti, poi aggiungerci i fusilli. Mentre cuo-ciono, preparare, in una padella capace di ricevere melanzane e pasta, olio di oliva, aglio, prezzemolo, basilico, timo, salvia, maggiorana e origano e lasciar scaldare per qualche minuto, aggiungere i pomodori e far cuocere per dieci minuti. A questo momento la pasta è pronta, scolare e aggiungere al condimento con tutte le melanzane che si saranno quasi disfatte lasciando il loro sapore.

Preferisco questa alla ricetta di pasta con le melanzane tradizionale che vuole le melanzane fritte e l'aggiunta di ricotta, olive ecc. perché ritengo sia molto più leggera e digeribile anche se, ovvia-mente, meno saporita. La pasta con le melanzane è un piatto tipico della cucina siciliana, dove le melanzane, molto usate nell'Italia del Sud, sono particolari, più saporite e gustose in tutte quelle regioni, per cui i loro piatti a base di melanzane, sia pure fritte, hanno un sapore che è impossibile ottenere con le nostre.
Non mi stancherò tuttavia di ripetere che tutte le verdure hanno un sapore diverso se sono fresche e tante volte il successo di un piatto dipende solo da questo particolare.

Pasta with artichokes (for 6 people)

1 large onion; 4 artichokes; 80 grams butter; grated parmesan cheese; oil; salt and pepper; 500 grams penne or small rigatoni.

Wash the artichokes in plenty of water which has been acidulated with lemon juice, then cut each one into at least 8 pieces. Cut the onion into small rounds and put everything together (i.e., artichokes, onion, oil, salt and pepper). Cook them for several minutes on a moderate heat, then add a glass of hot stock (made with a cube) and continue cooking for 30 minutes. Remove from the heat and add the butter. Boil the pasta, drain, and season with the cheese and the artichoke sauce.

Carbonara (for 6 people)

600 grams spaghetti or rigatoni; 150 grams ham; 150 grams cream; 5 egg yolks; 125 grams butter; nutmeg; plenty of parmesan; Salt. (pepper optional).

For my «carbonara», I have improved on the traditional recipe and made this dish less rustic by the addition of a small quantity of cream and only the egg yolks.

When the pasta is nearly cooked, start to prepare the accompanying sauce by melting 25 g of butter in a large frying pan and lightly browning the strips of ham, including its fat. Separately, beat up the egg yolks with the cream, nutmeg, salt and optional pepper. Drain the pasta and turn it into the frying pan with the ham, stirring well. On top of this, pour the cream, seasonings and beaten egg yolks, plus the remaining butter cut into pieces to speed up melting. Let the sauce thicken for a few minutes on a low heat, taking care that the egg does not curdle, the sauce has to stay creamy. Add the parmesan and transfer into a serving dish. Serve immediately very hot.

Pasta con i carciofi (per 6 persone)

1 cipolla grossa; 4 carciofi; 80 grammi di burro; formaggio parmigiano grattugiato; olio; sale e pepe; 500 grammi di penne o rigatoni piccoli.

Tagliare a spicchi (almeno 8 per ognuno) i carciofi lavati in abbondante acqua acidulata, tagliare a piccole fette la cipolla e mettere tutto insieme, carciofi, cipolla, olio, sale e pepe, far cuocere per qualche minuto a fuoco moderato, poi aggiungere un bicchiere di brodo (anche di dado) e proseguire la cottura per 30 minuti. Togliere dal fuoco e unire il burro.
Cuocere la pasta, scolarla, condirla con il formaggio ed i carciofi.

Carbonara (per 6 persone)

600 grammi di spaghetti o rigatoni; 150 grammi di prosciutto; 150 grammi di panna; 5 rossi d'uovo; 125 grammi di burro; abbondante parmigiano, noce moscata, sale e pepe (se gradito).

Per ottenere un piatto meno rustico ed evitare le chiare delle uova rapprese, ho leggermente modificato la ricetta tradizionale della «carbonara» utilizzando solo i rossi delle uova ed aggiungendo una piccola quantità di panna.

Quando la pasta è quasi cotta, rosolare leggermente il prosciutto, grasso e magro, tagliato a listerelle in 25 grammi di burro in una padella larga. In una terrina a parte, battere bene i rossi delle uova con la panna, la noce moscata, il sale e, se gradito, il pepe. Scolare la pasta molto al dente e ripassarla nella padella con il prosciutto rosolato, girando bene. Versarvi sopra il composto con le uova, il restante burro tagliato a tocchetti per consentire di sciogliersi più rapidamente, e lasciare la salsetta addensarsi per pochi secondi sul fuoco basso, facendo attenzione che la salsa rimanga cremosa. Aggiungere abbondante parmigiano, trasferire in un piatto di portata, e servire subito caldissimo.

Spaghetti in a pan (quantities for 6)

600 grams pasta - preferably spaghetti; 6 large ripe tomatoes; 1 medium-sized onion; 50 grams ham; 30 grams dried mushrooms; parmesan; parsley; salt and pepper; olive oil as needed; 50 grams butter.

Cook the sieved tomatoes for half an hour. In the meantime, soak the dried mushrooms. Take a fireproof dish or a frying pan large enough to contain the required amount of spaghetti. Soften the finely chopped onion in two tablespoonfuls of butter (olive oil if preferred), add the thinly sliced ham, the soaked mushrooms, also chopped, and let these cook for 2-3 minutes, then add the tomatoes, already prepared as above, and cook the whole thing for five minutes, adding salt (and pepper). Boil the pasta and drain it whilst still fairly firm and then turn it into the frying pan or fireproof dish containing the prepared sauce, stir well, being very careful not to break up the pasta, especially if using spaghetti. Add the parmesan and a morsel of butter. Put it all on a serving dish, stir briefly and sprinkle with chopped parsley.

Trenette with pesto (amounts for 6 people)

600 grams trenette; 6 large handfuls of basil; 12 walnuts, shelled; 30 grams pine nuts; 3 cloves garlic; grated parmesan or sheep's cheese (60/80 grams in all); olive oil; salt and pepper.

The Genovese who discovered and developed this dish, pound all the ingredients together in a mortar until a smooth cream is obtained. We are more emancipated and will put everything in the liquidiser, without much changing the end result. It is a good rule to prepare this sauce at least one or two hours in advance so that it can rest. Some of it can be brought to the table in a sauce dish, the rest is poured over the roughly-drained trenette, adding two tablespoons of the cooking water to make the sauce lukewarm. It must not be completely hot.
It is a dish with all the essences of summer, and is appreciated for its fragrance.

Spaghetti in padella (per 6 persone)

600 grammi di spaghetti; 30 grammi di funghi secchi ammollati, 50 grammi di burro; 1/2 kg. di pomodori maturi; una cipolla media; 50 grammi di prosciutto crudo; parmigiano; prezzemolo; sale e pepe.

Cuocere per 20/25 minuti i pomodori passati. In una padella grande abbastanza per raccogliere poi tutti gli spaghetti, rosolare nel burro (olio se preferite) la cipolla tagliata finissima facendo attenzione che non bruci; deve sciogliersi lentamente: aggiungere il prosciutto tagliato a listerelle, i funghi ammollati e sminuzzati, i pomodori che nel frattempo saranno cotti, cuocere tutto insieme per cinque minuti, poi aggiungere sale e pepe. Scolare gli spaghetti molto al dente e metterli gocciolanti di acqua nella padella dove la salsa è ormai pronta. Girare dolcemente per non romperli, aggiungere il parmigiano ed il resto del burro girando ancora per qualche secondo, poi aggiungere il prezzemolo tritato, trasferire gli spaghetti in un piatto da portata e servire.

Trenette col pesto (per 6 persone)

600 grammi di trenette; 6 grosse manciate di basilico; gherigli di dodici noci; 30 grammi di pinoli; 3 spicchi di aglio; parmigiano o pecorino grattugiati (60/80 grammi in totale) ; olio di oliva; sale e pepe.

I genovesi, che sono i cultori ed gli inventori di questo piatto, pestano tutti gli ingredienti per la salsa in un mortaio fino ad ottenere una crema omogenea. Noi, più sbrigativi, metteremo tutto nel frullatore ed il risultato non cambierà di molto.
È buona regola preparare questa salsa con almeno una o due ore di anticipo perché riposi. Parte della salsa può essere portata in tavola in una salsiera, il resto deve essere versato sulle trenette appena scolate, aggiungendo due cucchiai dell'acqua di cottura per intiepidire la salsa che non deve essere assolutamente scaldata.
È un piatto molto profumato ed estivo, apprezzato per la sua fragranza.

Rice and asparagus in a mould (for 6 people)

300 grams rice (Vialone or Arborio); 1 small bundle of asparagus (can be frozen); 1 onion; 80 grams butter; plenty of grated parmesan; salt (pepper, not indispensable). For the white sauce: 60 grams butter; 60 grams flour; 3/4 litre milk; salt (pepper) nutmeg.

Fry the onion in a little oil and water until transparent. Boil the rice in salted water for 10 minutes and drain. Steam the asparagus.
Put the rice back into the frying pan containing the onion, add salt to taste (pepper), and fry for 3 minutes, lifting it with a fork so that all the bits stay well separated. Add the cheese and butter.
Butter a shallow fireproof dish, and sprinkle with breadcrumbs. Place inside it the edible tips of the asparagus, packing them fairly tightly together to make a bed of them. Put the rice on top of this, and finally the white sauce. Dot the surface with butter and cook in a medium oven (200°C) for 15-20 minutes until golden brown, possibly under the grill.
N.B. For the white sauce recipe on page 175
This recipe has never let me down and no one has ever expressed an unfavourable opinion about it. It can also be made the day before ready to put in the oven when needed. It does not matter if it is ready ten minutes before being sent to the table because it does not hurt for it to rest a while and cool down slightly.
There is a variation on this dish, less tasty although delicate, whereby very fresh little tips of cauliflower are substituted for the asparagus. In this case, the cauliflower is steamed until barely tender (al dente) and arranged at the bottom of the fireproof dish in the same way as the asparagus. It has a different appearance, being white, but the flavour, if you like cauliflower, is very delicate.

Rice pilaf

300 grams vialone rice; 70 grams butter; 1/2 litre hot stock; a nice onion; salt.

Cut the onion very finely and soften it in 40 grams of butter, being

Sformato di riso ed asparagi (per 6 persone)

300 grammi di riso vialone o arborio; un mazzo piccolo di asparagi (anche congelati); 1 cipolla; 80 grammi di burro; parmigiano grattugiato abbondante; sale e pepe.
Per la besciamella: 60 grammi burro; 60 grammi di farina; 3/4 latte; sale; pepe; noce moscata.

Cuocere la cipolla in poco olio e acqua finché non diventa trasparente. Bollire il riso in acqua salata per 10 minuti e scolarlo. Cuocere gli asparagi a vapore. Ripassare il riso nella padella dove si è preparata la cipolla, aggiustare di sale, pepe e soffriggerlo per tre minuti sollevandolo con la forchetta per tenere i chicchi ben staccati, aggiungere il burro ed il formaggio.

Imburrare una pirofila da forno bassa, cospargerla di pangrattato e adagiarci le punte degli asparagi, formando un lettino piuttosto compatto; sopra mettere il riso e sopra ancora la besciamella. Cospargere la superficie con fiocchetti di burro e mettere in forno medio (200 gradi) per 15/20 minuti fino ad ottenere una doratura, eventualmente sotto la griglia.

N.B. per la besciamella riferirsi alla ricetta della stessa a pag 175

Questo piatto, che ha sempre avuto molto successo, si può anche preparare il giorno prima per poi metterlo in forno, quando programmato.

È bene che sia pronto dieci minuti prima di mandarlo in tavola perché riposi e si raffreddi leggermente. Meno gustosa anche se delicata può essere la sua alternativa che prevede la sostituzione degli asparagi con cimette molto fresche di cavolfiore. In questo caso si cuociono delle cimette di cavolfiore a vapore, tenendole molto al dente e si adagiano nella pirofila bassa da forno nello stesso modo degli asparagi.

L'aspetto è diverso, essendo tutto bianco, ma il sapore, se piace il cavolfiore, è molto delicato.

Riso Pilaf

300 grammi di riso vialone; 70 grammi di burro; mezzo litro di brodo caldo; una bella cipolla; sale.

Tritare finemente la cipolla e farla appassire in 40 grammi di burro facendo attenzione che non imbiondisca, aggiungere il riso con

53

careful not to let it turn colour. Add the rice with a little salt and stir over a hot flame so that the seasoning is well distributed. Pour on the boiling stock (see that it really is boiling). Cover the pan and put it into a hot oven (250° C) to continue cooking without stirring it any more. Finally add the remaining butter and mix it in lightly with a fork.

Devilled rice (for 6 people)

75 grams bacon; 200 grams veal slices; 2 eggs; 2 sharp red chillis; 500 grams rice.

This is an oriental dish, adopted by my in-laws' family, who, being Romagnoli, understand the art of cookery rather well.

Cut the bacon and meat into little cubes and put these into an iron frying pan and fry them in oil and butter, adding the chillis which have been cut up finely with scissors into thread-like strips. Boil the rice separately in salted water. When three-quarters cooked, take it out of the water, drain, and tip it into the frying pan, stirring continuously so that all the rice takes on the flavour of the prepared sauce. When the rice has absorbed the flavour (four to five minutes), tip it on to a serving dish, put the frying pan back on the heat and make two omelettes with the eggs which, when rolled up and cut into strips, (like tagliatelle), will serve to complete and garnish the risotto.

It is possible to make modifications and additions to the risotto by adding other types of meat such as chicken, pork or sausages, or substituting another kind according to your own taste, also using left-over roast meat.

Rice with vegetables (for 6 people)

500 grams rice; 1 onion; 2 courgettes; 2 carrots; 200 grams small shelled peas; stock (can be made from a cube); oil as necessary; parmesan; basil or parsley.

Brown the very finely sliced onion in oil, adding, a few drops of

poco sale e mescolare sulla fiamma brillante in modo che si irrori di condimento. Bagnare con il brodo bollente (attenzione: molto bollente). Coprire la casseruola e passarla nel forno caldo a 250 gradi per continuare la cottura senza più mescolare. Aggiungere alla fine il resto del burro e sollevare i chicchi con la forchetta.

Riso col pizzico (per 6 persone)

75 grammi di pancetta; 200 grammi di fettine di vitella; 2 uova; 2 peperoncini rossi piccanti; 500 grammi di riso.

Questo è un piatto della cucina orientale, adottato dalla famiglia dei miei suoceri che, essendo romagnoli, di cucina se ne intendevano.

Tagliare a dadini la pancetta e la carne, metterli così tagliati in una padella di ferro con olio e far cuocere aggiungendo il peperoncino tagliato con le forbici in listerelle tanto sottili da assomigliare a fili di cotone. A parte far bollire il riso in acqua salata. Toglierlo a tre quarti di cottura, scolarlo e versarlo nella padella mescolando continuamente perché tutto il riso si insaporisca nel condimento preparato. Quando il riso sarà cotto e bene insaporito, versarlo in un piatto di portata e tenerlo al caldo; rimettere la padella sul fuoco e fare con le uova due frittatine che, arrotolate e tagliate a listerelle (come tagliatelle), serviranno per completare e guarnire il risotto. Si possono apportare al risotto delle modifiche, nel senso che si può aggiungere pollo e maiale o salsiccia, o sostituire uno all'altro secondo i propri gusti, utilizzando anche carne di arrosto avanzata.

Risotto alle verdure (per 6 persone)

500 grammi di riso; una cipolla; 2 zucchini; 2 carote; 200 grammi di pisellini puliti; brodo pronto anche di dado; olio q.b.; parmigiano; basilico o prezzemolo.

Rosolare la cipolla affettata sottilissima in olio con qualche goccia di acqua; aggiungere tagliati a rondelline gli zucchini e le carote, poi

water. Add the courgettes and carrots cut up into small rounds, then add the peas. Allow to cook for several minutes (10 or 12), and then add the rice. Brown it gently, and start to add the hot stock, so as to cook the rice allowing it to become very soft. Add salt, and pepper if liked. Sprinkle abundantly with parmesan and serve hot. Immediately before serving, strew it with finely chopped fresh basil or parsley.

Rice can be prepared with many kinds of vegetables. Here are two successful recipes using rice with spinach and ricotta, or rice with radicchio.

Green rice (for 6 people)

500 grams rice; 1/2 kilo spinach; 200 grams cream (or 200 grams ricotta); oil; salt; pepper and parmesan.

Boil the rice, but only until it is still fairly hard (al dente). Meanwhile, put the boiled spinach and the cream into the processor using stock to help with the mixing. (Ricotta makes a valid alternative to cream, and is lighter). Put the spinach mixture, a pinch of nutmeg, the half-cooked rice and salt in a casserole, and finish cooking. Serve hot with plenty of parmesan.

Risotto with red radicchio (wild chicory) (for 6 people)

500 grams long grain rice; 400 grams red radicchio; 50 grams butter; 3 tablespoons olive oil; 1 onion; 1/2 glass dry white wine; stock; parmesan; salt.

Brown the onion in half the oil and butter and add the radicchio cut into 2-3 cm. strips. Put on one side and meanwhile lightly brown the rice in the rest of the oil and butter. Add the wine, reduce, and then add the hot stock. When the risotto is half-cooked, add the radicchio and finish cooking, seasoning to taste with salt. Take it off the heat, add a little butter and plenty of parmesan. Let it rest a moment, and serve hot.

i pisellini, lasciar cuocere per qualche minuto (10 o 12) indi aggiungere il riso, rosolarlo delicatamente e cominciare ad aggiungere il brodo caldo fino a portare il riso a cottura lasciandolo molto morbido; salare e, se gradito, pepare; spolverare abbondantemente di parmigiano e servire caldo, dopo avervi sminuzzato sopra basilico fresco o prezzemolo.

Il riso può essere fatto con molte verdure; con successo riesce una ricetta con gli spinaci o con il radicchio rosso.

Riso verde (per 6 persone)

500 grammi di riso; 1/2 kg. di spinaci; 200 grammi di panna (o 200 grammi di ricotta); olio; sale; pepe e parmigiano.

Lessare il riso a mezza cottura. Intanto frullare gli spinaci lessati con la panna (o la ricotta, che costituisce una valida variante ed alleggerisce la preparazione) allungando con brodo; mettere il frullato, un pizzico di noce moscata, il riso, aggiustare di sale, in una casseruola e completare la cottura; se necessario allungare con brodo, anche di dado. Unire abbondante parmigiano e servire caldo.

Risotto al radicchio rosso (per 6 persone)

500 grammi di riso arborio; 400 grammi di radicchio rosso; 50 grammi di burro; 3 cucchiai di olio di oliva; 1 cipolla; 1/2 bicchiere di vino bianco secco; brodo; parmigiano; sale.

Imbiondire la cipolla in metà dell'olio e del burro ed aggiungere il radicchio tagliato a striscioline di due o tre centimetri. Lasciare da parte e, intanto, rosolare leggermente il riso nel resto dell'olio e del burro, sfumare con il vino e aggiungere brodo caldo; aggiungere il radicchio a metà cottura e terminare aggiustando di sale, poi, fuori dal fuoco, unire poco burro crudo e abbondante parmigiano. Lasciar riposare un minuto prima di servire.

Sformato di riso allo zafferano (per 6 persone)

Rice in a mould with saffron (for 6 people)

450 grams long grain rice; 1 medium onion; 1/2 glass white wine; 200 grams cooked ham; oil; butter; salt and saffron.

Brown the thinly sliced onion in a little oil plus a spoonful of water and a nut-sized piece of butter. When the onion is brown, remove it from the pan, and put in the rice to absorb the flavour. Add the wine and let it evaporate, and continue cooking for several minutes. Meanwhile, dissolve 1/2 level teaspoonful of saffron in water and add it to the rice. Continue cooking this until it is nearly done, adding stock which must not be greasy (it can be made from a cube). Line a mould with slices of cooked ham. Take the rice off the heat, adding a small amount of fresh butter. Fill it into the mould, levelling it off well. Put this into a pre-heated oven for five or ten minutes. Turn it out on to a round dish and serve at once.

Rice with gorgonzola (for 6 people)

500 grams rice; 250 grams gorgonzola; 1 glass of white wine; parmesan; butter and olive oil, as needed; 100 grams liquid cream.

Fry the rice in a little oil and butter. Sprinkle in the dry white wine, add stock (it can be made from a cube) and cook until it is half done. In the meantime, blend the gorgonzola and the cream together to make a smooth sauce. Add this to the rice and finish cooking it. Before taking the rice off the heat, add a good handful of parmesan. The rice should be very soft and mushy at the end («all'onda»).

Rice and ham cooked in a mould (for 6 people)

400 grams rice; 200 grams cooked ham; parmesan; butter; salt (pepper); mushrooms, or little peas, or carrots for the filling.

Line a ring-shaped mould with fairly thick slices of cooked ham. In the meantime, boil the rice «al dente» (i.e. until barely soft), season it with parmesan and butter, arrange it in the mould and let it heat

450 grammi di riso arborio; 1 cipolla media; 1/2 bicchiere di vino bianco; 200 grammi di prosciutto cotto; olio; burro; sale; zafferano.

Rosolare in una casseruola di media grandezza la cipolla tagliata molto sottile in poco olio con un cucchiaio di acqua ed una noce di burro; quando è rosolata, toglierla e mettere il riso che dovrà insaporirsi. Aggiungere il vino e lasciarlo evaporare, poi continuare la cottura per qualche minuto; intanto sciogliere lo zafferano (mezzo cucchiaino da caffè) in acqua e aggiungerlo al riso, portarlo a cottura quasi completa con brodo (anche di dado).
Fasciare uno stampo con fette di prosciutto cotto, riempire con il riso dopo aver aggiunto, fuori dal fuoco, un poco di burro crudo.
Livellare bene e mettere in forno già caldo per 5 o 10 minuti.
Sformare su un piatto di portata rotondo e servire subito.

Riso con il gorgonzola (per 6 persone)

500 grammi di riso; 250 grammi di gorgonzola; un bicchiere di vino bianco; parmigiano; burro e olio quanto basta; 100 grammi di panna liquida.

Far tostare il riso in poco burro e olio e spruzzare con il vino bianco secco, aggiungere il brodo (anche di dado) e portare a metà cottura. Nel frattempo amalgamare bene il gorgonzola e la panna ottenendo una crema morbida. Aggiungere questa crema al riso e portare a termine la cottura. Prima di togliere il riso dal fuoco aggiungere una abbondante manciata di parmigiano. Il riso deve risultare molto morbido, quello che si definisce «all'onda».

Sformato di riso e prosciutto (per 6 persone)

400 grammi di riso (da risotti); 200 grammi di prosciutto cotto; parmigiano; burro; sale (pepe); funghi o pisellini o carote (per riempirlo).

Foderare una forma da sformati (con il buco) di prosciutto cotto tagliato a fette non troppo sottili. Intanto lessare il riso al dente, condirlo con il burro e parmigiano, sistemarlo nella forma e lasciarlo in forno caldo per 10 minuti. Sformarlo in una risottiera

through in a bain-marie for ten minutes. Turn it out on a round risotto dish and fill the space in the middle with wild mushrooms, small peas with ham, small cooked carrots or other possible fillings as you like.

Risotto with rosemary (for 4 people)

300 grams long grain rice; 2 egg yolks; rosemary and sage; 75 grams bacon; 1 stick of celery and 1 carrot; butter; parmesan; salt and pepper; oil to fry; stock (can be made with a cube).

Fry the bacon lightly until soft, add the celery and carrot cut into very thin slices, and as soon as these start to soften, add the rice, stirring it well into the mixture and diluting with hot stock. When it is nearly cooked, add a generous amount of chopped sage and rosemary. Season to taste with salt. When it has finished cooking and has been taken off the heat, mix in the two egg yolks, butter, parmesan and pepper if liked. Serve very hot, garnished with sprigs of rosemary.

Risotto can be prepared with so many vegetables, together or separately: rice and peas, rice and artichokes, rice and mushrooms, rice and asparagus, rice and chicory, rice and nettles, rice and spinach. I have written down some of these recipes but not all of them to avoid constant repetition. The method is always the same: an onion, fried until pale brown, the chosen vegetable, the rice, and the usual seasoning. With pumpkin, there is not much difference, it is just unusual, as is the use of pumpkin. However, it is worth trying out and deserves to be included in the general rule, why not?

Rice with pumpkin (for 4 people)

300 grams rice; 600/700 grams already prepared pumkin (peeled); 50 grams butter; stock; salt; pepper and parmesan; 1 small onion; a small carrot; celery; oil.

Gently fry in oil the onion, the carrot and a very little celery cut up, adding a spoonful of water. Add the pumpkin, cut into pieces, and allow this to brown for several minutes. Add the rice and let this

60

rotonda e riempire il buco con funghetti trifolati, pisellini al prosciutto o carotine glassate o altre verdure a piacere.

Risotto al rosmarino (per 4 persone)

300 grammi di riso arborio; 2 rossi d'uovo; 75 grammi di pancetta; rosmarino e salvia; un gambo di sedano e una carota; burro; parmigiano; sale e pepe; olio per soffriggere; brodo anche di dado.

Soffriggere la pancetta per farla solamente appassire, aggiungere sedano e carota tagliati a rondelline finissime; appena le verdure cominciano a disfarsi aggiungere il riso, girarlo bene nel condimento e allungarlo con il brodo caldo. Quando è quasi cotto aggiungere un abbondante trito di rosmarino e salvia, aggiustare di sale. A cottura completa e fuori dal fuoco, incorporare i due rossi d'uovo, il burro, il parmigiano e, volendo, il pepe.
Servire molto caldo guarnito di foglie di rosmarino.

Il risotto si prepara con tante verdure, insieme o separate: riso e piselli, riso e carciofi, riso e funghi, riso e asparagi, riso e radicchio, riso e ortiche, riso e spinaci. Trascrivo alcune soltanto di queste ricette per non ripetermi in continuazione. La tecnica di preparazione è sempre la stessa: una cipollina imbiondita, la verdura scelta, il riso, i soliti condimenti. Anche il risotto di zucca non si differenzia molto, solo è inconsueto come lo è in genere l'uso della zucca; però merita una prova e, perché no, anche l'adozione in piena regola.

Risotto con la zucca (per 4 persone)

300 grammi di riso; 600/700 grammi di zucca già pulita; 50 grammi di burro; brodo; sale; pepe e parmigiano; 1 cipolla piccola; una carotina; sedano; olio.

Soffriggere dolcemente nell'olio, con un cucchiaio d'acqua, la cipolla, la carotina e pochissimo sedano tritati; aggiungere la zucca tagliata a tocchetti e lasciarla rosolare per alcuni minuti; unire il riso e farlo insaporire bene per qualche minuto girandolo continuamen-

absorb the flavour for several minutes, stirring continually. Add salt and pepper and then the hot stock in small amounts at a time as the rice cooks. Take it off the heat, add the grated parmesan and a small amount of very fresh butter. Let it rest a moment and then serve.

Marinaded risotto (for 6 people)

400 grams arborio rice; 1 small onion; 1 carrot, stick of celery; basil; mint; 4 or 5 salad tomatoes; oil; salt.

Mince a spring onion, the carrot and celery together with a generous amount of basil and fresh mint. Add the peeled and chopped salad tomatoes. Put it all in a soup tureen with the rice, oil and salt. Mix everything well with a wooden spoon, and cover. Let it rest at least four hours, or even all night, stirring every now and then.
Put it on to cook and bring to the boil with hot water as for an ordinary risotto, allowing for the fact that the rice is already very tender after being marinaded for so long. Therefore it will only need to cook for a few minutes.

te; aggiungere sale e pepe, poi, a piccole dosi, il brodo caldo, portando il riso a cottura. Togliere dal fuoco, aggiungere il parmigiano grattugiato, un pochino di burro crudo freschissimo, lasciar riposare un'attimo e servire.

Risotto marinato (per 6 persone)

400 grammi di riso arborio; 1 piccola cipolla; carote; sedano; basilico; menta; pomodori da insalata 4 o 5; olio; sale.

Tritare una cipollina nuova, carota, sedano, basilico e menta fresca in dosi abbondanti, aggiungere i pomodori da insalata sbucciati e tritati, mettere tutto in una zuppiera con il riso, l'olio ed il sale. Amalgamare bene girando con un cucchiaio di legno e coprire. Lasciar riposare da un minimo di 4 ore a tutta la notte, girando ogni tanto.
Mettere sul fuoco e portare a cottura con acqua calda, come per un normale risotto, tenendo conto che il riso è già molto tenero per la lunga marinatura, e perciò necessita di pochi minuti di cottura.

Vegetable and cream soups

With vegetables I make a series of soups or purees, especially during the summer.

At the top of the list is the classical *Tuscan minestrone*, and I repeat the recipe here for those of my friends not living in Italy, who do not know it. In actual fact, none of us needs advice for making this soup. It is a simple matter of putting a certain number of vegetables – the more the better – in a large pot, adding oil and seasoning, and the minestrone is ready.

Usually I adopt the following system:

I brown the onion in a small amount of oil, adding water so that the onion does not over-fry, then garlic (whole, so that can be taken out, if desired). When the onion has softened). I put in small pieces of potato and let them absorb the flavour. Then I add carrots, celery, cabbage, spinach (not much), and beetroot. These last three items are cut into fairly thin strips. Small courgettes, small French beans, little peas, soya beans and haricot beans are also added (the latter have to be cooked first if they are dried).

Naturally, it is not strictly necessary to have all these items together. It will also depend on the season of the year. I would remind you that when making minestrone, you can add fried potatoes prepared the day before, purees, and any other cooked vegetable as long as it has not been seasoned with lemon or vinegar, and remember that these additions sometimes help to add flavour. Minestrone should cook slowly for hours, and can be served as prepared, or with the addition of pasta or rice. It can be sieved and served with small pieces of toasted bread.

I Minestroni e i passati di verdura

Con la verdura faccio, specialmente durante l'estate, una serie di minestre e passati.

Primo fra tutti il classico *minestrone toscano,* e ripeto la ricetta per quegli amici che, non vivendo in Italia, non la conoscono. Nessuno di noi, infatti, ha bisogno di consigli. Basta mettere un certo numero di verdure, e chi più ne ha più ne metta in una pentola con olio e odori, e il *minestrone* è pronto.

Io abitualmente adotto questo sistema:

rosolo la cipolla in una piccola quantità di olio ed acqua, perché la cipolla non «soffrigga», insieme all'aglio (intero perché eventualmente può essere facilmente eliminato); quando la cipolla è disfatta, metto le patate a tocchetti e lascio insaporire, indi aggiungo carote, sedano, cavolo, spinaci (pochi), bietole (questi ultimi tre ingredienti tagliati a listerelle piuttosto sottili), zucchini, fagiolini, piselli, soia e fagioli (i quali dovranno essere cotti prima se sono secchi).

Naturalmente queste verdure non sono strettamente necessarie tutte insieme, perché la stagione può offrire una cosa e non un'altra. Quando si prepara il minestrone si possono aggiungere le patate fritte avanzate il giorno prima, il puré e ogni altra verdura che sia stata cotta, ma non condita con limone o aceto; ritengo che queste aggiunte talvolta contribuiscano a dare sapore. Il minestrone deve cuocere per ore, lentamente; può essere servito così come è stato preparato o cuocendovi pasta o riso. Si può farne un passato e servirlo con crostini di pane.

Continuing with the subject of vegetable purees or those tasty «cream» soups, I give absolute precedence to

Cream of tomato (for 6 people)

1 kg. ripe tomatos; 3 medium onions; 1 potato; garlic; salt (pepper); oil; thyme; bay leaf; parsley; basil.

Put the very thinly sliced onion in the pan to brown in olive oil until it is completely soft. (Be careful that it does not burn, it may be necessary to add a drop of water). Cut the tomatoes into pieces and add them to the onions with the finely cut up garlic, herbs and the potato, also cut into small pieces. Add sufficient water so that the vegetables stay covered, salt and pepper to taste. Let it cook on a low heat until the tomatoes are well done. Put it all through a sieve and serve with small pieces of bread fried in olive oil.

Sieved bean soup (for 4 people)

250 grams cannellini beans; 2 or 3 cloves garlic; olive oil; rosemary and sage; salt and pepper; 200 grams pasta. (Very small pieces of tagliatelle).

Soak the beans for at least 12 hours, then cook them for about two hours with two cloves of garlic, the sage and two tablespoons of oil. In another pan, lightly fry a clove of garlic with the rosemary, in a little oil. Sieve the beans to remove the skins, garlic and sage, and strain the contents of the frying pan on to the bean puree. Season with salt and pepper, add water if necessary, and then add the pasta. At the end, when the pasta has been served on to the plates, pour a few drops of raw olive oil on top. This will give it a «touch of class».

Pasta and chick peas (for 4 people)

200 grams chick peas; 1 clove garlic; rosemary; 2 fully ripe tomatoes; olive oil; salt and pepper; 200 grams pasta.

Another extremely tasty and typically Tuscan dish, designed to

Continuando con i passati di verdura o le gustose «creme», darò la precedenza alla:

Crema di pomodori (per 6 persone)

1 kg. di pomodori; 3 cipolle medie; 1 patata; aglio; sale; pepe; olio; timo; alloro; prezzemolo; basilico.

Mettere la cipolla tagliata sottilissima a rosolare nell'olio d'oliva finché non si è completamente sciolta (attenzione che non bruci, aggiungere eventualmente una goccia d'acqua). Tagliare a pezzi i pomodori ed aggiungerli alle cipolle, con l'aglio tagliato sottile, gli odori ed una patatina tagliata a pezzetti, coprire d'acqua, salare e, volendo, pepare. Lasciar cuocere a fuoco dolce finché i pomodori sono ben cotti. Passare il tutto al passaverdura e servire con piccoli pezzi di pane fritti nell'olio.

Passato di fagioli (per 4 persone)

250 grammi di fagioli cannellini; due o tre spicchi d'aglio; olio di oliva; rosmarino e salvia; 200 grammi di pasta; sale e pepe.

Far cuocere i fagioli, precedentemene tenuti a bagno per almeno 12 ore, con due spicchi d'aglio, la salvia e due cucchiai di olio. Sono necessarie circa due ore.
Soffriggere leggermente l'aglio in altro tegame con un poco di olio e il rosmarino. Passare i fagioli al passatutto per eliminare bucce, aglio e foglie di salvia, rovesciarci il soffritto attraverso un colino, salare, pepare e aggiungere l'acqua eventualmente necessaria, nonché poi la pasta (indicatissime le tagliatelle fresche sminuzzate). A cottura ultimata, quando la pasta è servita nei piatti, versarci goccie di olio di oliva che daranno al passato un «tocco» di classe.

Pasta e ceci (per 4 persone)

200 grammi di ceci; 1 spicchio d'aglio; rosmarino; 2 pomodori ben maturi; 200 grammi di pasta; olio di oliva, sale e pepe.

Altra toscanissima e gustosissima preparazione, molto indicata per

enhance the fragrant flavour of fresh olive oil.

Chick peas take rather a long time to prepare because they need to be in soak for at least two days.
Put the (previously soaked) chick peas, peeled and chopped tomatoes, garlic, rosemary and oil into a pan containing one and a half litres of salted water and cook everything slowly on a low heat for a couple of hours. Now pass it all through a sieve and then put it back into the pan. Season with salt and add the pasta (the most suitable is a small, short, straight kind). Once on the plates, it would be a good idea to garnish it with a little raw olive oil.

Cream of courgette (for 6 people)

6 small fresh courgettes; 2 small potatoes; 1 onion; 1 stock cube; olive oil; salt; basil; parmesan; sliced packet bread.

Brown the thinly sliced onion gently in olive oil, add the potatoes cut into little pieces, the courgettes cut into slices, and the basil. Salt to taste, pepper (optional). Cover with water containing a dissolved stock cube and cook slowly on a low heat for half an hour. Put it all through a sieve. Fry small pieces of bread in butter, first removing the crusts, or simply toast the bread in the oven. Serve the soup hot, and pass the parmesan and fried bread separately for people to help themselves as they please. A thin dribble of raw olive oil goes well with it.
At first sight this dish might seem insipid, but you must try it. The only important secret is to have really fresh courgettes, otherwise you will not obtain the hoped-for flavour.
Another identical cream soup can be made with cauliflower, substituting this for the courgettes, and leaving out the potatoes which are not then necessary.

mettere in risalto la fragranza dell'olio fresco.

La preparazione dei ceci è piuttosto lunga perché il loro «ammollamento» richiede almeno due giorni.
Mettere i ceci (già ammollati), i pomodori pelati e tagliati a pezzi, l'aglio, il rosmarino e l'olio in una pentola che contenga un litro e mezzo di acqua, salare e far cuocere lentamente a fuoco basso per un paio d'ore. A questo punto passare tutto al passaverdure o al setaccio, rimettere nella pentola, aggiustare di sale e aggiungere la pasta (la più indicata è una qualità corta, rigata, piccola).
Una volta nei piatti irrorarla con un piccolo cerchietto di olio d'oliva crudo.

Crema di zucchini (per 6 persone):

6 zucchini freschi; 2 piccole patate; 1 cipolla; 1 dado; olio di oliva; sale; basilico; parmigiano; pane in cassetta.

Rosolare dolcemente nell'olio la cipolla affettata sottile, aggiungere le patate a piccoli tocchetti, gli zucchini a rondelle, il basilico, sale e pepe (se desiderato), coprire d'acqua calda dove sia stato sciolto un dado e far cuocere a fuoco basso per mezz'ora. Passare il tutto al passaverdura. Friggere nel burro piccoli tocchetti di pane in cassetta, oppure semplicemente arrostirli nel forno. Servire il passato caldo portandolo in tavola separatamente dai crostini e dal formaggio, in modo che ognuno si serva a suo piacere, unendo un filo di olio d'oliva crudo.
Questo piatto così come appare sembrerebbe insipido, ma io vi esorto a provarlo: l'unico segreto è che gli zucchini siano freschissimi, altrimenti il sapore ottenuto non è quello sperato.
Altro passato si può fare con i cavolfiori, sostituendo solo gli zucchini, e togliendo le patate che non sono necessarie.

Leek soup (for 6 people)

5 leeks; 50 grams butter; 2 level tablespoons flour; 100 grams Emmentaler cheese; 1 1/2 litres stock (cubes can be used)

Soften the very thinly sliced leeks in 50 grams butter. Sprinkle the two spoonfuls of flour over them. When everything is brown, add the stock and let it simmer on a low heat for half an hour. Toast some home-made bread and put a small slice into each plate where the soup will be served. Sprinkle with grated Emmentaler cheese and pour the hot soup on top. Serve at once.
To avoid the bread getting too soggy, turning the soup into a pulp, bring the soup, toast and cheese separately to the table and let your guests serve themselves. My husband is not very fond of bread soaked in soup. If I serve it in this way, it stops him criticizing my leek soup, and telling me all the time I do not know how to make it properly!

Potato and onion soup (for 6 people)

6 or 7 onions; 6 or 7 peeled potatoes; 25 grams butter; 1 stock cube; 3/4 litre milk; salt; pepper; parmesan.

Cut the potatoes into thin slices, take off the outside skin of the onions and slice into thin rings. Put it all into a large pan, cover with plenty of water, add the butter and stock cube, and season with salt. Bring to the boil on a moderate heat and then let it cook very slowly on the lowest possible heat for a good two hours. The pan must be 3/4 covered. A quarter of an hour before taking the soup off the stove, add the milk, pepper (if liked) and a good handful of parmesan.
Serve with small pieces of bread fried in butter or toasted in the oven, and with olive oil. The soup should be creamy and have a good consistency. If liked, a pinch of nutmeg goes with it quite well.

Zuppa di porri (per 6 persone)

5 porri; 50 grammi di burro; 2 cucchiai di farina; 100 grammi di emmenthal; 1 litro e mezzo di brodo (anche di dado).

Imbiondire in 50 grammi di burro i porri tagliati a fettine sottilissime cospargendoli con due cucchiai di farina. Quando tutto è dorato, unire il brodo e lasciar cuocere a fuoco dolce per mezz'ora.

Tostare del pane casalingo e metterne una piccola fetta nel piatto dove verrà servita la zuppa, cospargere di formaggio emmenthal grattugiato e rovesciare sopra la zuppa calda. Servire subito.

Per evitare che il pane si imbeva, trasformando la zuppa in una poltiglia, portare a tavola separatamente, zuppa, pane tostato e formaggio e lasciare che gli ospiti si servano a loro piacere (io faccio così per evitare che il marito, che non ama molto il pane inzuppato, critichi la mia zuppa di porri).

Zuppa di cipolle e patate (per 6 persone)

6 o 7 cipolle; 6 o 7 patate; 25 grammi di burro; 1 dado per brodo; 3/4 di latte; sale; pepe; parmigiano.

Pelare e tagliare a fette sottili le patate, levare la pellicina alle cipolle e tagliarle ad anelli sottili, mettere il tutto in una pentola, coprire con abbondante acqua, aggiungere il burro, il dado, aggiustare di sale. Fare prendere l'ebollizione a fuoco moderato poi, quando bolle, abbassare al minimo e lasciar cuocere lentissimamente per due ore abbondanti. La pentola deve essere coperta per 3/4. Un quarto d'ora prima di togliere la zuppa dal fuoco aggiungere il latte, il pepe (se desiderato) e una buona manciata di parmigiano.

Servire con cròstini di pane fritti in olio o burro, oppure tostati in forno. La zuppa deve risultare come una crema fluida. Se gradito, un pizzico di noce moscata non ci sta male.

Piatti di Mezzo

Between Courses

Between Courses

Among those dishes suitable for small light family suppers for example, when there has been a large business lunch, I should like to suggest:

Eggs with mushrooms

200 grams fresh mushrooms (prugnoli would be excellent); 1 handful of parsley; 1 clove garlic; 2 eggs; 2 tablespoons milk; salt; oil.

Clean the mushrooms well. If you are using small prugnoli, leave them whole, if they are porcini or other larger kinds of mushroom cut them into four. Make a very thin paste of garlic and parsley and put it in a large deep frying pan with a dribble of oil; add the peeled mushrooms and cook it all together slowly for about 45 minutes, or an hour if necessary. Meanwhile, in a dish, beat the two eggs well with the milk, adding hardly any salt. When the mushrooms have cooked enough, pour in the eggs and milk and allow them to thicken on a very low heat (a bain-marie would be even better). As with an ordinary cream sauce, be very careful that the eggs do not curdle, stirring gently until the sauce is fairly thick.
There is a variation on this sauce, equally tasty and useful: substitute mussels for the mushrooms. The method is the same.

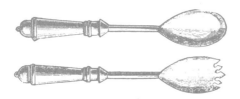

Piatti di mezzo

Fra i piatti di mezzo che possono essere considerati piccoli pasti leggeri per le cene in famiglia, dopo, ad esempio, una abbondante colazione di lavoro, vorrei suggerire:

Uova con funghi freschi

200 grammi di funghi freschi (i prugnoli sarebbero il massimo!); 1 pugno di prezzemolo; 1 spicchio di aglio; 2 uova; 2 cucchiai di latte; sale; olio.

Pulire bene i funghi, se sono i piccoli prugnoli lasciarli interi, se sono porcini o altri più grandi dividerli in quattro pezzi. Fare un battuto di aglio e prezzemolo molto sottile e porlo in un tegame largo e basso con un filo di olio, aggiungere i funghi sgocciolati e far cuocere tutto insieme lentamente per circa 45 minuti o un'ora se necessario. Intanto, in un piatto, sbattere bene le due uova con il latte, salando appena. Quando i funghi avranno raggiunto la cottura desiderata, versare le uova e, a fuoco lentissimo (meglio ancora a bagnomaria) fare rassodare, facendo attenzione che le uova rassodino senza stracciarsi, come per la comune crema, mescolando dolcemente sino ad ottenere una salsa un po' densa.
Questa preparazione ha una variante altrettanto gustosa ed utilizzabile: sostituire i funghi con le vongole. Il procedimento è del tutto uguale.

Courgette salad

Cut the courgettes into strips and fry these in oil with garlic and salt. When they are soft, drain off the oil and wipe them dry. Pour away the oil used for frying. Take fresh oil, plenty of vinegar, mint and parsley and a generous amount of breadcrumbs – preferably freshly grated. Allow to marinade for several hours and serve with boiled meat.

Stuffed courgettes (for 4 people)

6 fat courgettes; 150 grams ricotta; 1 egg; tomato sauce; parsley; salt; parmesan; nutmeg.

Cut the courgettes in two and hollow out the insides, turning them into little containers. Prepare a stuffing with the ricotta, egg, grated parmesan, salt and nutmeg, adding some of the insides of the courgettes which were removed as described above. Mix everything well together and fill the hollowed-out courgette halves, leaving a margin of at least 1 cm. Arrange them at the bottom of a baking pan, and brown them lightly in oil, then add hot water and tomato sauce to come up to 2/3 of the height of the courgettes so that, they are not covered.
Put the lid on the pan and cook until the liquid has all been absorbed.
Serve hot as a light second course for an evening meal or as an in between course for a more substantial supper or dinner.

Fried pumpkin flowers

This is a «commonplace» recipe, very well known because pumpkin flowers grow abundantly during the summer and are frequently used in various ways, above all, fried.
I have a little secret method for making a plateful of crispy fried flowers: at least two or three hours in advance, I prepare a soft batter with flour, water, a very little salt and 2 tablespoons of olive oil.
When it comes to frying them, I dip the flowers (washed and without

Insalata di zucchini

Tagliare gli zucchini a striscioline e friggerli in olio con aglio e sale. Quando saranno appassiti scolarli dall'olio ed asciugarli, rimettere olio fresco, aceto abbondante, mentuccia e prezzemolo ed abbondante pangrattato, meglio se grattato fresco. Lasciar marinare per qualche ora e servire con il bollito.

Zucchini ripieni (per 4 persone)

8 zucchini panciuti; 150 grammi di ricotta; 1 uovo; salsa di pomodoro; prezzemolo; sale; parmigiano; noce moscata.

Svuotare gli zucchini tagliati in due trasformandoli in piccole coppette, preparare un ripieno con la ricotta, l'uovo, il parmigiano grattugiato, sale e noce moscata, aggiungere un poco dell'interno dello zucchino ottenuto dallo svuotamento. Amalgamare bene e riempire le coppette di zucchini lasciando un margine di almeno un centimetro. Sistemarli in una teglia e rosolarli leggermente nell'olio, poi aggiungere acqua calda e salsa di pomodoro (meglio se fresca) fino a 2/3 dell'altezza degli zucchini (cioè non coperti). Incoperchiare e cuocere fino a consumazione del liquido.
Si servono caldi come secondo leggero per cena o come piatto di mezzo per un pranzo o una cena più consistente.

Fiori di zucca fritti

Questa è una ricetta «banale» molto conosciuta perché i fiori di zucca crescono abbondanti durante l'estate, e vengono utilizzati in vari modi, primo fra tutti fritti.
Ho un piccolo segreto per ottenere un piatto di croccanti fiori fritti: preparo con un anticipo di due o tre ore una pastella morbida con farina, acqua, pochissimo sale e due cucchiai di olio di oliva.
Al momento di friggerli, passo i fiori, lavati e liberati dai pistilli, nella

pistils) into the batter and then immediately put them into the boiling oil, turning them when they have barely started to brown. As soon as they have finished frying, I put them to drain on absorbent paper to get rid of excess cooking oil.

Savoury tart with ham and cheese

150 grams flour; 150 - 200 grams raw ham; 150 - 200 grams Groviera (cheese), or parmesan; 15 grams of baking powder; 3 eggs; 1/2 a coffee cup of oil, and half of milk; pinch of salt.

Cut the ham and cheese into very small cubes. Beat the eggs very well in a bowl and add the flour, baking powder, ham, cheese, oil, milk, and salt.
It would be advisable to add the oil and milk a little at a time so that the dough does not become too liquid. At times it depends on the type of flour as to how much liquid is absorbed.
Put the mixture into a plum cake mould or a ring-shaped pudding mould, and bake in an oven pre-heated to 200° C. for 30-40 minutes. If it starts to turn colour towards the end of the cooking time, it can be covered with a sheet of aluminium foil.
Turn it out whilst still warm and cut into slices lukewarm.

pastella e subito nell'olio bollente, girandoli non appena cominciano a dorarsi. Appena fritti si adagiano sulla carta assorbente per eliminare l'eccedenza di olio della frittura.

Torta salata al prosciutto e formaggio

150 grammi di farina; 150/200 grammi di prosciutto crudo; 150/200 grammi di groviera o parmigiano; 1 bustina di lievito per torte salate; 3 uova; mezza tazzina da caffé di olio e mezza di latte; un pizzico di sale.

Tagliare a dadini molto piccoli il prosciutto e il formaggio. In una zuppiera sbattere le uova molto bene e aggiungere la farina, il lievito, il prosciutto, il formaggio, l'olio, il latte ed il sale.
L'olio e il latte è bene versarli un poco alla volta, perché l'impasto non venga troppo liquido. A volte dipende dalla farina che assorbe più o meno.
Mettere a cuocere in uno stampo da plumcake o da budino con il buco nel mezzo nel forno già caldo a 200 gradi, per 30/40 minuti. Se scurisce, verso la fine della cottura, coprire con un foglio di alluminio. Sformarla finché è calda e tagliarla a fette appena tiepida.

I Secondi Piatti

Second Courses

Second Courses

Whilst I enjoy preparing first courses and sweet desserts and these are my favourites, meat has always presented a bit of a problem. This is also partly because the percentage of people who benefit from this food has noticeably dwindled, and my family and I belong to this group.

Any success I have sometimes had with meat dishes can doubtless be attributed to the quality of the meat which can be found in Tuscany, and in Impruneta in particular.

Simple roast

The simplest way of roasting is just to put a piece of meat in a casserole with the addition of oil, butter and salt only, and there will never be any unpleasant surprises. So I am inclined to think that the best solution is always to choose the first course you prefer and follow it with a very simply prepared roast joint of meat. The accompaniments can be varied at will, and you can use your imagination here, also with regard to the appearance of the dish. I take «milk» veal, the cut which we call «sottonoce», which is the best part of a rump steak, or else a piece of topside. As it comes from a small animal, the topside is very tender. As mentioned above, I never make anything elaborate. All I do is to tie it up so that it keeps its round shape, and then I let it cook, covered, for a quarter of an hour, in a small amount of oil and butter mixed, together with very finely chopped garlic and rosemary. The meat starts to cook in its own steam inside the covered pan. The lid is removed and the meat then browned on all sides. Salt and a glassful of dry white wine are

I Secondi Piatti

Mentre mi diverto a preparare i primi piatti ed i dolci che sono i miei favoriti, la carne ha sempre rappresentato un piccolo problema, in parte anche perché la percentuale delle persone che privilegiano questo alimento è notevolmente scesa ed i miei familiari e io apparteniamo a questo gruppo.

Il merito del mio successo, se talvolta successo c'è stato, con questi piatti è senza dubbio da attribuire alla qualità della carne che si trova in Toscana, e all'Impruneta in modo particolare.

Arrosto semplice

Il più semplice degli arrosti, eseguito mettendo un pezzo di carne in una casseruola con solo olio, burro e sale, non riserva mai delle sorprese spiacevoli. Così, privilegiando secondo la mia inclinazione i primi piatti, ricorro ad un buon arrosto per risolvere il secondo. I contorni possono essere svariati e la fantasia, specialmente nella presentazione, fa il resto.

Per il mio arrosto uso della semplice vitella «di latte», il pezzo che chiamano sottonoce oppure un pezzo di girello. Essendo la bestia piccola, il girello è tenerissimo. Come ho detto sopra, non faccio mai particolari preparazioni. Mi limito a legarlo perché conservi una forma rotondeggiante, poi lo faccio cuocere per un quarto d'ora coperto, in una piccola quantità di olio e burro mescolati, aglio e rosmarino tritati finissimi: con il vapore che si produce a pentola coperta, il pezzo della carne comincia la sua cottura nell'interno. Togliendo poi il coperchio si lascia rosolare bene da tutte le parti, si sala e si aggiunge un bicchiere di vino bianco secco, si fa

added, allowed to evaporate and the meat continues cooking with the addition of about a glassful of hot water containing a dissolved meat cube.

If we have taken the precaution to be generous with oil and butter, then there will be more sauce into which we can put small potatoes cut into tiny pieces and fry them with a little rosemary. They will go soft and take on the colour and the flavour of the roast.

Roast with leeks

Still using meat from a young animal, but this time not necessarily milk veal, I cook a tasty roast joint and take the opportunity to prepare a very good base for a rather unusual onion soup.

As usual, put the tied-up meat to brown in oil and butter, this time in an uncovered pan. As soon as it has slightly turned colour, cover it with leeks (or onions, two or three will be needed). These must be sliced rather thinly. Put the lid on and allow to cook on a moderate heat until the leeks or onions are almost completely soft and mushy. At this stage cover them with milk and add salt, pepper and a tiny bit of nutmeg, and allow all the milk to be absorbed. Then take the meat out and leave it on the side, on a hot dish, with another hot plate on top. In the meantime, put the sauce through a sieve or strainer. Just before bringing it to the table, slice the meat and cover it with the sauce thus obtained. Keep aside any left-over sauce. In a few days you can prepare an excellent onion soup for supper by simply diluting the sauce with water and a stock cube (be careful about the salt). Serve with bread either fried or just toasted in the oven. This soup is also good with the same kind of pasta as is used for minestrone.

As it has absorbed some of the meat juice, this sauce is especially tasty, and if used to make a soup it gives this an unusual flavour.

I have always said you need imagination in cookery, and imagination can also help to transform a «leftover» into an agreeable «invention».

evaporare e si continua la cottura aggiungendo acqua calda dove sia stato sciolto un dado.

Se abbiamo avuto l'avvertenza di abbondare un poco con l'olio ed il burro, si sarà formata una maggiore quantità di sughetto dentro il quale passiamo rapidamente delle patatine tagliate a tocchetti piuttosto piccoli e fritte con un po' di rosmarino; si ammorbidiscono e prendono il colore ed il sapore dell'arrosto.

Arrosto ai porri

Usando sempre una qualità di carne giovane, ma questa volta non necessariamente la vitella di latte, preparo un arrosto gustoso e approfitto per prepararmi un'ottima base per una zuppa di cipolle un po' diversa. Mettere, come al solito, la carne legata a rosolare nell'olio e nel burro, questa volta scoperta; appena ha preso un leggerissimo colore, ricoprirla con due o tre porri (o cipolle) tagliati piuttosto sottili. Incoperchiare e lasciare cuocere finché la cipolla o il porro non si sono pressoché disfatti. A questo punto coprire di latte, aggiustare di sale e pepe, un nonnulla di noce moscata e far ritirare tutto il latte. Togliere adesso la carne e lasciarla da una parte fra due piatti caldi; intanto passare al setaccio o al colino la salsina. Al momento di portare in tavola, tagliare l'arrosto a fettine, e coprire con la salsina ottenuta. Tenere da parte la salsina avanzata. Entro qualche giorno, per cena, si potrà preparare una ottima zuppa di cipolle solo allungando la salsa con acqua ed un dado (attenzione al sale) servendola con crostini di pane fritti o semplicemente arrostiti in forno.

È buona anche con la pastina del tipo per minestrone.

Poiché ha assorbito parte dei succhi della carne, questa salsetta è particolarmente saporita e la sua utilizzazione come zuppa le conferisce un carattere inconsueto.

Torno a ripetere che in cucina ci vuole fantasia, e la fantasia aiuta a trasformare un «avanzo» in una piacevole «invenzione».

Chicken or capon in aspic jelly (for 6/8 people)

1 capon or chicken weighing approx. 1500 grams; 200 grams milk veal; 200 grams lean pork; 200 grams chicken breast; 100 grams bacon; 50 grams raw ham; 50 grams salted tongue; 20 grams truffles (also black ones); 50 grams shelled pistachio nuts; 1 egg; 1 bread roll; salt.

Bone the chicken or capon (or have it boned) and spread it out on a board. Salt lightly.
Prepare a stuffing. Roughly mince the various meats, the tongue, ham and bacon and mix these all together. Soften the bread in hot stock, shell the pistachio nuts in hot water, cut the truffles into fairly small cubes and add these ingredients to the mixture, plus the egg and a very little salt. Spread the filling over the prepared chicken or capon, reassemble the bird and sew it together. Also tie it up with special cooking thread suitable for use with roasts. Wrap it in a very clean white cloth and boil in water for two and a half hours. Once cooked, remove the cloth, wash this, and then re-wrap the chicken or capon. Put a heavy weight on top of the bird to give it a flat shape and leave until the following day. It can be served with or without aspic jelly, cut into thin slices, either as a main dish or an inbetween course.

Hunter's chicken (for 6 people)

1 chicken, approx. 1.600/1.800 grams; 1 onion; 1 carrot and 1 celery stalk; 1 glassful dry white wine; 200 grams green olives; 1/2 kg. ripe tomatoes; oil; juice of 1 lemon; salt and pepper.

Divide the chicken into 8 pieces. Put the pieces in a marinade of oil, lemon, salt and pepper, and leave for at least four hours. Then put it directly into a frying pan, adding a paste of minced onion, carrot and celery, browning all of them together.
Add a glass of dry white wine and allow to evaporate. Then add very ripe tomatoes, cut into pieces, and a small amount of water. After boiling for ten minutes, add stoned green olives. Finish cooking very slowly.

Pollo o cappone in gelatina (per 6/8 persone)

1 cappone o 1 pollo di circa 1500 grammi; 200 grammi di vitella di latte; 200 grammi di magro di maiale; 200 grammi di petto di pollo; 100 grammi di pancetta; 50 grammi di prosciutto crudo; 50 grammi di lingua salmistrata; 25 grammi di tartufo (anche nero); 50 grammi di pistacchi sbucciati; 1 uovo; 1 panino; sale.

Disossare o farsi disossare il pollo o il cappone e stenderlo sul tagliere, salandolo leggermente.

Preparare il ripieno mescolando le varie qualità di carne e la lingua, il prosciutto, la pancetta, tutto grossolanamente macinato, aggiungere il panino precedentemente ammorbidito nel brodo caldo, i pistacchi sbucciati nell'acqua calda, il tartufo tagliato a dadi non troppo grandi, l'uovo, pochissimo sale; stendere il ripieno sul pollo o cappone pronto sulla tavola, ricomporre e cucire. Legarlo anche con uno spaghino da arrosti, avvolgerlo in un telo bianco pulitissimo e bollirlo in acqua per due ore e mezzo. Una volta cotto togliere il panno, lavarlo e riavvolgerci nuovamente il pollo o cappone, metterlo sotto un peso per dargli una forma schiacciata e lasciarlo fino al giorno dopo. Si può servire con o senza l'accompagnamento della gelatina, tagliato a fette sottili, come piatto importante o piatto di mezzo.

Pollo alla cacciatora (per 6 persone)

1 pollo di circa 1600/1800 grammi; 1 cipolla; 1 carota e 1 costola di sedano; 1 bicchiere di vino bianco secco; 200 grammi di olive verdi; 1/2 kg. di pomodori maturi; olio; il succo di un limone; sale e pepe.

Mettere il pollo diviso in otto pezzi in una marinata di olio, limone, sale, pepe e lasciarlo per almeno quattro ore. Passarlo poi direttamente in un tegame aggiungendo un battuto di cipolla, carota e sedano, lasciando rosolare tutto insieme.

Unire un bicchiere di vino bianco secco, lasciarlo evaporare; poi unire i pomodori molto maturi tagliati a pezzi e un poco di acqua. Dopo dieci minuti di bollore aggiungere delle olive verdi snocciolate e terminare la cottura molto lentamente.

Stuffed guinea fowl (for 6 people)

1 guinea fowl, approx. 1100 grams; 100 grams chicken breast; 100 grams turkey breast; 100 grams lean pork; 100 grams cooked ham; 50 grams grated parmesan; 2 whole eggs; salt; pepper; a few sage leaves; olive oil; 1/2 glass white wine; 100 grams bacon cut into long strips.

Bone a guinea fowl, leaving the claws and wings. (It would be better to have this done directly at the butcher's). To prepare the stuffing, mince together fairly finely the chicken and turkey breast, the pork and cooked ham. Add the parmesan, the eggs, a few sage leaves and salt and pepper in moderation. Stuff the fowl and sew it up using a needle and thread. Wrap the bacon strips round it and tie up to keep its shape.

Put the prepared fowl in a pan with three tablespoons of olive oil and a few sage leaves. Cook it slowly for about 15 minutes and add 1/2 glass of dry white wine. Continue cooking for about an hour and a quarter, then take the fowl of off the heat and allow it to get cold. It is easier to carve when it is cold. Pour the warm cooking juices over it just before serving.

Escallops with olives (for 4 people)

450 grams of lean veal slices; 200 grams green olives; 1 carrot; 1 celery stalk; 1 onion; oil; butter; salt and pepper; 1 heaped tablespoon flour; 1 tablespoon chopped parsley; 1 tablespoon capers; 1 tablespoon tomato sauce in half a glassful of water.

Gently brown the very finely sliced onion, carrot and celery in a little oil and butter. When they are nearly completely soft, (it may be necessary to add a drop of water), add the floured veal which has previously had any fatty bits removed. Let this cook briefly, then add the olives, capers, salt and pepper, the half-glass of water with tomato sauce and allow all the water to be absorbed. Finally, before bringing it to the table, add the chopped parsley.

Faraona ripiena (per 6 persone)

1 faraona di circa 1100 grammi; 100 grammi di petto di pollo; 100 grammi di petto di tacchino; 100 grammi di magro di maiale; 100 grammi di prosciutto cotto; 50 grammi di parmigiano grattugiato; 2 uova intere; sale; pepe; qualche foglia di salvia; olio di oliva; 1/2 bicchiere di vino bianco; 100 grammi di pancetta tagliata a striscie lunghe.

Disossare una faraona lasciando le ossa delle zampe e delle ali (meglio fare eseguire questo lavoro direttamente al macellaio). Intanto preparare il ripieno macinando abbastanza finemente il pollo, il tacchino, il maiale ed il prosciutto cotto; aggiungere il parmigiano, le uova, qualche foglia di salvia, salare moderatamente e pepare.
Riempire la faraona e cucirla con l'aiuto di un ago e filo bianco. Avvolgerla con le strisce della pancetta e legarla per tenerla in forma.
Adagiarla in un tegame dove siano stati messi tre cucchiai di olio e alcune foglie di salvia. Cuocere a fuoco lento per circa quindici minuti e aggiungere 1/2 bicchiere di vino bianco secco.
Continuare la cottura per circa un'ora e un quarto, poi togliere la faraona dal fuoco e lasciarla raffreddare (fredda si taglia meglio). Cospargerla con il sughetto di cottura caldo al momento di servirla.

Scaloppine alle olive (per 4 persone)

450 grammi di fettine di vitello magro; 200 grammi di olive verdi; 1 carotina; 1 costola di sedano; 1 cipolla; olio; burro; sale e pepe; 1 cucchiaio di farina; 1 cucchiaio di prezzemolo tritato; 1 cucchiaio di capperi; 1 cucchiaio di salsa di pomodoro in mezzo bicchiere d'acqua.

Rosolare gentilmente cipolla, carota e sedano tagliati sottilissimi in un poco di burro e olio. Quando saranno quasi disfatti (aggiungere eventualmente un goccio d'acqua) unire le scaloppine ben pulite da tutte le particelle grasse ed infarinate. Lasciare cuocere brevemente, poi aggiungere le olive, i capperi, sale e pepe, il mezzo bicchiere d'acqua con il pomodoro e lasciare assorbire tutta l'acqua. In ultimo, prima di portarle in tavola, aggiungere il prezzemolo tritato.

Chicken breasts with ham (for 4 people)

2 chicken breasts cut into thin slices; 100 grams cooked ham; flour and breadcrumbs; clarified butter for frying (see page 173); salt; 250 grams white sauce; 1 egg.

Make the white sauce with 25 grams butter, 25 grams flour, salt and enough milk to make a very thick sauce. When it is ready, tip it on to a flat marble surface or a board, smooth with a knife to a thickness of 2 cms. and leave it to get cold.

Beat the chicken slices so as to flatten them into regular shaped escallops and place on top of each one a slice of cooked ham the same size, and then a slice of thick white sauce, also cut to approximately the same size as the piece of chicken. Press lightly so that they all stick together, dip in beaten egg and then breadcrumbs, and fry in clarified butter. Half way through cooking, season to taste with salt, and pepper if liked.

If preferred, these chicken breasts can be cooked in the oven. You just need to place them in a buttered fireproof dish, and dot with butter on top. The only precaution is to flour them rather than use breadcrumbs. It takes longer to cook them this way, but it does not change the result and they are lighter.

Escallops in cognac (for 4 people)

400 grams veal slices; oil; butter; salt and pepper; 1 egg; 2 tablespoons cognac.

Remove all traces of fat from the veal and beat the escallops lightly. Put them to steep for several hours in the lightly-salted beaten egg. JWhen starting to cook, gently brown them on both sides in butter (possibly clarified) or in olive oil. Add the cognac and allow it to evaporate. Check the salt, and if liked, add a little pepper. Put the meat on to a warm plate, strain the sauce and pour it over the escallops. Serve very hot. They will be extremely tender and delicate. Serve with an accompaniment of boiled potatoes or steamed vegetables seasoned with olive oil and garnished with parsley.

Petti di pollo al prosciutto (per 4 persone)

Due petti di pollo tagliati a fette sottili; 100 grammi di prosciutto cotto; un uovo; farina e pangrattato; burro chiarificato per friggere (vedere a pag. 173); sale; 250 grammi di besciamella.

Fare la besciamella con 25 grammi di burro, 25 grammi di farina, sale ed il latte necessario per ottenere un composto piuttosto consistente. Quando sarà pronta versarla su un piano di marmo o su un tagliere, spianarla ad uno spessore di 2 centimetri e lasciarla raffreddare.
Battere bene i petti di pollo e aggiustarli in modo che risultino delle scaloppine regolari, adagiarci sopra una fetta di uguali dimensioni di prosciutto cotto, una fetta ritagliata nella besciamella, anche questa della stessa forma e misura (all'incirca) della fettina del petto di pollo, comprimere leggermente per far aderire il tutto, passare nell'uovo sbattuto, poi nel pangrattato e friggere nel burro chiarificato. A metà cottura aggiustare di sale e, volendo, pepare. Nel caso si preferisca, questi petti di pollo possono essere cotti in forno: basterà adagiarli in una pirofila imburrata, e mettere fiocchetti di burro sopra. L'unica avvertenza è di passarli nella farina anziché nel pangrattato. La cottura, in questo caso è più lunga, ma il risultato non cambia e sono più leggeri.

Scaloppine al cognac (per 4 persone)

450 grammi di fettine di vitella; olio; burro; sale e pepe; 1 uovo; 2 cucchiai di cognac.

Pulire bene dal grasso le fettine di vitella e batterle leggermente. Metterle per qualche ora a macerare nell'uovo sbattuto, leggermente salato.
Al momento di cuocerle, passarle nel burro (possibilmente chiarificato) o nell'olio di oliva, farle dorare da ambo le parti, unire il cognac e lasciarlo evaporare. Aggiustare di sale, se gradito unire un poco di pepe. Metterle in un vassoio caldo, passare ad un colino il sughetto e versarcelo sopra. Servire ben calde. Saranno tenerissime e delicate. Servire con un contorno di patatine lesse o di verdure al vapore, condite con olio di oliva e prezzemolo.

Little meat parcels (for 6 people)

300 grams lean minced meat; 2 eggs; parsley; garlic; salt, pepper; 50 grams grated parmesan; nutmeg; 1/2 glass olive oil; 12 or 14 nice beetroot leaves; tomato puree; 1 bread roll soaked in milk.

Boil the beetroot leaves briefly being careful that they do not break. Drain them and spread them out on a clean cloth to dry.

Meantime, prepare a stuffing, mixing together the minced meat, eggs, cheese, bread roll, chopped parsley and garlic, salt and pepper and just a trace of nutmeg. Make 12 little rissoles and wrap each one up in a beetroot leaf, fastening it with a toothpick.

Heat up half a glassful of olive oil in a pan large enough to hold all the rissoles. Start to fry them, turning them round so that they cook on all sides. When they have lightly turned colour, add a glassful of hot water containing half a dissolved stock cube and two tablespoonfuls of tomato puree. Reduce all the water, allow all the flavours to be well absorbed, then serve hot.

Stuffed veal (for 6 people)

700 grams veal in one slice; 2 eggs; parsley and garlic; 100 grams cooked ham (or mortadella sausage); 4 artichokes and 1 lemon; 1/2 glass dry white wine; oil and butter for cooking; salt and pepper.

Make one or two omelettes with the two eggs, 1 tablespoon chopped parsley and salt.

Clean the artichokes, freeing them of all hard leaves. Wash them in water acidulated with lemon juice, and then cut them into small pieces and cook them with a very small amount of olive oil and a clove of garlic.

Now spread the slice of veal on a large wooden board, beat it lightly and place on top of it the omelette(s), the cooked ham and the artichokes. Roll up the veal and its stuffing and tie it together. Put it in a pan with oil and butter and cook for 15 minutes, covered, then remove the lid and brown on all sides. Add the wine and let it evaporate and then continue cooking with the addition of hot water containing a dissolved stock cube. Check the salt, allowing for the salt in the omelettes and artichokes. Serve with small potatoes cut

Polpettine avvolte (per 6 persone)

300 grammi di carne magra macinata; 2 uova; aglio; prezzemolo; sale; pepe; noce moscata; 50 grammi di parmigiano grattugiato; un panino ammorbidito nel latte; mezzo bicchiere d'olio d'oliva; bietola 12 o 14 belle foglie; passato di pomodori.

Lessare velocemente le foglie facendo attenzione che non si rompano, scolarle, stenderle su un panno pulito e farle asciugare.
Intanto preparare un ripieno mescolando la carne macinata, le uova, il formaggio, il panino, il prezzemolo tritato con l'aglio, il sale e pepe ed un'idea di noce moscata. Fare 12 polpettine ed avvolgerle nelle foglie di bietola, fermandole con uno stecchino.
Adagiarle in una teglia che le contenga tutte, dove sia stato scaldato mezzo bicchiere di olio di oliva. Lasciar friggere girandole da tutte e due le parti e, quando saranno leggermente colorite, aggiungere un bicchiere di acqua calda dove siano stati sciolti mezzo dado e due cucchiai di passato di pomodoro. Far insaporire e ritirare tutta l'acqua, poi servirle calde.

Vitella ripiena (per 6 persone)

750 grammi di vitella in una unica fetta; 2 uova; prezzemolo e aglio; 100 grammi di prosciutto cotto o mortadella; 4 carciofi e un limone; 1/2 bicchiere di vino bianco secco; olio e burro per la cottura; sale e pepe.

Fare una o due frittatine con le due uova, un cucchiaio di prezzemolo tritato e sale.
Pulire i carciofi liberandoli da tutte le foglie dure, lavarli nell'acqua acidulata, poi cuocerli tagliati a spicchi con un filo d'olio e uno spicchio d'aglio.
Distendere la fetta di vitella sul tagliere, batterla leggermente, adagiarci sopra la frittatina o le frittatine, il prosciutto cotto, i carciofi; avvolgere stretto e legare.
Metterla in una teglia con burro e olio e cuocerla per 15 minuti coperta, poi togliere il coperchio, farla rosolare da tutte le parti, aggiungere il vino e farlo evaporare, portare a cottura con acqua calda dove sia stato fatto sciogliere un dado.
Aggiustare di sale tenendo conto della salatura della frittata e dei carciofi.

up into little pieces, fried and then passed through the cooking juices of the meat.

The small town where I now live, whose praises I have sung in other chapters, is Impruneta. Well-known for its famous terra-cotta, its biggest advantage is being so near Florence, which at the same time is also its biggest disadvantage. This is the reason why it has not been able to keep its character. It has been unable to benefit from that quality which should have been defended at all costs: its own serene autonomy. It would be so peaceful here if it had not been spoilt by the «parties». People love to have a good time and they always choose the noisiest way of doing so.

Among those things which have gained the approval of us «foreigners», in addition to the terra-cotta, the splendid basilica, the lush woods, the olives and the pines which gave the place its name, there is a simple dish which surely epitomises the way of life in this little town as it once was, strong and honest, well-suited to the men who spent their time in the kilns turning out the tiles to adorn the major architectural works of the Renaissance. This is a dish which is still in fashion and often cooked: *Brickyard pepper dish*

This is not a recipe from my kitchen, but I should like to offer it to you in the same way as I sometimes offer it to my guests. I had it prepared by Prof. Cocchi who gave me the recipe and the authorisation to publish it. Prof. Cocchi is the nickname given to Sig. Matteini, a retired postman. He specialises in «peposo», and he is always ready to help whoever needs him.

A sort of «good samaritan», he comes to your home with all the tools of his trade: a large earthenware pot, a small packet of black pepper, his apron and the white hat of a professional cook, and he watches over the preparation and cooking of his speciality for hours at a time. Although it might not seem a very appetising dish, nobody has ever said anything unfavourable about it, nor has it ever disagreed with anyone. In spite of the pepper, or perhaps because of the pepper, it is a most digestible dish.

Servire con le patatine tagliate a tocchetti, fritte e poi passate nel fondo di cottura della carne.

Il paese dove vivo adesso, del quale ho già detto le lodi in altra parte dei miei appunti, è Impruneta. Conosciuta per il famoso cotto, ha il grande vantaggio di essere a due passi da Firenze, cosa che è anche il suo più grande svantaggio. Non riesce, infatti, per questo motivo a restare se stessa. Non riesce a godere di quello che ha e che dovrebbe difendere a tutti i costi: la propria serena autonomia. Ci sarebbe tanta pace, qui, se non fosse inquinata dalle «feste». La gente ama molto divertirsi e lo fa scegliendo sempre il modo più rumoroso.

Fra le cose che raccolgono l'approvazione di noi «stranieri», oltre a tutti i prodotti del cotto, la splendida basilica, i boschi così rigogliosi, gli olivi ed i pini che le danno il nome, c'è un piatto semplice come doveva essere la vita tanti anni fa, genuino e forte come dovevano essere gli uomini che passavano il loro tempo nelle fornaci dove si preparavano le tegole per i maggiori architetti del rinascimento; un piatto tuttora di moda e molto cucinato: *il peposo alla fornacina.*

Non è una ricetta della mia cucina, ma desidero proporlo come lo propongo qualche volta ai miei ospiti. Lo faccio preparare dal Prof. Cocchi e lui me ne ha data la ricetta e l'autorizzazione a pubblicarla. Prof. Cocchi è l'appellativo con il quale viene conosciuto il Sig. Matteini, postino in pensione, specialista di «peposo», sempre a disposizione di coloro che in mille modi hanno bisogno di lui. Una specie di «buon samaritano». Viene a casa con tutti gli arnesi del mestiere: un grande tegame di coccio, un pacchettino di pepe nero, il suo grembiule ed il suo cappello bianco da cuoco professionista e sorveglia la preparazione e la cottura del suo piatto per ore. Nonostante possa sembrare un piatto poco invitante, nessuno ha mai espresso un parere sfavorevole né ha accusato reazioni; nonostante il pepe e, forse proprio per il pepe, è un piatto digeribilissimo.

Brickyard pepper dish (for 8 people)

2 kg. of muscle taken from the shinbone of a calf; 700 grams peeled tomatoes; 10 cloves garlic; 8 or 10 level coffeespoons of ground black pepper; 2 glasses of red wine; water and salt as needed.

Take a deep pan and put in it the meat, cut into large cubes, the garlic, trimmed at top and bottom and then cut into little pieces, the tomatoes, salt and pepper. Cover it all with cold water. Allow to cook slowly for about two hours over a moderate heat. Then add the wine and continue cooking slowly for a further hour.
Important note: no oil, butter or fat of any kind.

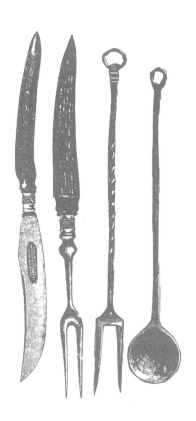

Peposo alla fornacina (per 8 persone)

2 kg. di muscolo dello stinco di vitellone; 700 grammi di pomodori pelati; 10 spicchi di aglio; 8 o 10 cucchiaini (da caffé) di pepe macinato; 2 bicchieri di vino rosso; acqua e sale quanto basta.

Mettere in un tegame fondo, possibilmente di coccio, la carne tagliata a grossi dadi, l'aglio spuntato in cima e in fondo e tagliato a piccoli pezzi, i pomodori, sale e pepe, ricoprire il tutto di acqua fredda. Mettere sul fuoco moderato e lasciar cuocere lentamente per circa due ore. Poi aggiungere il vino e proseguire la cottura piano per un'altra ora. Raccomandazione importante: niente olio, burro o grassi di alcun genere.

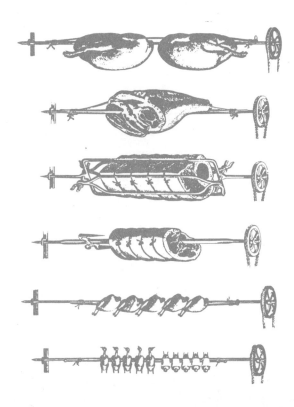

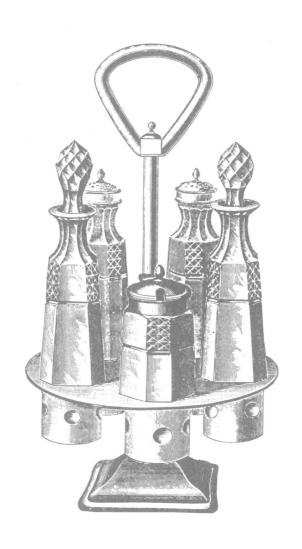

Le Insalate

Salads

Salads

Some small salads can be prepared as hors d'oeuvre, especially during the summer, and in certain cases these can provide a direct substitute for the first course. In summer, green salads and vegetables are full of flavour, plentiful and fresh. They can be used in many ways, whereby the «cook» can indulge her own fantasy in their preparation.

Try preparing very small and tender courgettes by cutting them into little slices and sprinkling them with parmesan, oil and lemon juice. Try tiny pod beans, stripped of their husks, with little cubes of sheep's cheese, oil, salt and lemon, and cooked ham or little pieces of mortadella.

A classic dish consists of very tiny mushrooms (ovoli) or wild mushrooms (porcini) with flakes of parmesan and truffles (or even without truffles), oil and lemon.

Very young and tender spinach leaves can be added to a green salad, and also a few tiny courgettes.

Apple or avocado segments can be added, with success, to any salad, likewise little cubes of cheese.

A good salad can be prepared with domestic artichokes – the ones with sharp points are the most suitable. They are washed carefully using plenty of lemon juice and left in the acid water for a little while. They are then cut into little pieces and flavoured with parmesan, oil, salt and lemon.

Cauliflowers also make a good salad. They can be added raw to various salad mixtures, or else cooked – preferably steamed to avoid sogginess – and are then seasoned with oil, salt, capers and lemon juice.

Potatoes can be used for salads in a similar way as cauliflowers,

Le Insalate

Ci sono delle piccole insalate che potrebbero essere preparate come antipasto, ed in certi casi sostituire addirittura il primo. D'estate, quando la verdura è particolarmente saporita ed è facile reperirla fresca, se ne possono preparare tante e la fantasia della «cuoca» potrà sbizzarrirsi.

Provate gli zucchini crudi molto piccoli, tenerissimi, tagliati a rondelline con scagliette di parmigiano, olio e limone.

Provate i baccelli, liberati anche della pellicina, dadolini di pecorino, olio, sale e limone, e prosciutto cotto a cubettini.

Classica è l'insalata di ovoli o di porcini piccolissimi, con scaglie di parmigiano e tartufi (ed anche senza tartufi), olio e limone.

Gli spinaci raccolti tenerissimi possono essere aggiunti ad una insalatina verde, includendovi anche qualche zucchino piccolissimo crudo.

L'aggiunta di spicchi di mela, di avocado,e dadi di formaggio, può essere apportata con successo a qualsiasi insalata.

Con i carciofi nostrani (quelli con la punta spinosa sono i più adatti), si prepara una buona insalata. Si lavano accuratamente con abbondante limone e si tengono nell'acqua acidulata per un poco, poi si tagliano a piccoli pezzetti, si aggiungono scaglie di parmigiano, olio, sale e limone.

Anche con il cavolfiore si preparano buone insalate. Si aggiunge crudo alle varie composizioni, oppure si cuoce, preferibilmente a vapore per evitare che si imbeva troppo di acqua, si condisce con olio, sale, capperi e succo di limone.

Le patate possono essere utilizzate per una insalata simile alla precedente, addirittura mescolate alla precedente.

La buona insalata «italiana» si prepara lessando una grossa varietà

mixed exactly as above.

Good «Italian» salad is prepared by boiling – possibly steaming – a large variety of vegetables such as carrots, potatoes, small marrows, small french beans and little peas. Each type of vegetable is cooked for its requisite amount of time. They are then cut into little pieces as for fruit salad, seasoned with oil and lemon juice (or vinegar according to taste), nicely arranged on a dish and covered with mayonnaise. The salad can be garnished to your liking with strips or slices of the vegetables used and with capers. Do not forget the salt. A special mention must be made of rocket (rucola). Its rather bitter taste imparts a special flavour to all salads, and many sauces can be prepared with rocket. It can also be used to season various types of meat or pasta. A leaf of rocket goes well with all of these: celery, rocket, fresh sheep's cheese, cubes of cooked ham, oil, lemon and salt (pepper if liked).

During one of my brief stays in the United States, I had the opportunity of learning how to make the following salad which I much appreciated. As parmesan is one of the ingredients, it seems to me to be more or less Italian, and it is called *Caesar's salad*.

1 bowlful of well-dried lettuce, olive oil, 2 peeled garlic cloves, 1/2 a lemon, 5 anchovies cut up, yolk of 1 hardboiled egg, 1 cupful of bread pieces, plenty of grated parmesan.

Rub a salad bowl, (possibly a wooden one) with garlic and smear it with a tablespoonful of oil. Now mix together separately, oil, lemon juice without the pips, anchovies and egg yolk, stirring carefully until the anchovies have nearly disintegrated. Put the lettuce into the salad bowl, tearing it into little pieces using your hands. Add the sauce, the bread pieces (cut small and fried in butter) and plenty of parmesan.

I did not have any kind of «culture shock» on coming to Tuscany after a long stay in Rome. Basically, I was returning «home» and I had absorbed precious little of Roman cooking. I had continued to cook and prepare dishes for my friends in my own way. However,

di verdure, come carote, patate, zucchini, fagiolini, piselli, possibilmente a vapore e con tempi diversi per evitare che la cottura non sia uniforme; si tagliano a piccoli pezzi come una macedonia di frutta, si condiscono con olio e limone (o aceto, secondo i gusti) si compongono con una forma a piacere sopra un vassoio e si ricoprono di maionese. Decorare con listarelle e rondelle delle verdure usate, e capperi. Non dimenticare di salare.

Uno spazio importante deve essere lasciato alla rucola. Il suo sapore amarognolo conferisce un gusto speciale a tutte le insalate e molte salse possono essere preparate con la rucola, anche per condire varie paste o carni. Una foglia di rucola non guasta: sedano, rucola, formaggio pecorino fresco, cubetti di prosciutto cotto, olio, limone e sale (pepe se gradito).

Durante una mia breve permanenza negli Stati Uniti, ho avuto modo di apprezzare e adottare la preparazione di una insalata che trascrivo, leggermente modificata. Avendo come ingrediente il parmigiano, mi sembra, abbastanza italiana, si chiama: *Insalata di Cesare.*

1 cespo di lattuga ben asciugata, olio di oliva, 2 agli sbucciati, 1/2 limone, 5 acciughe tagliuzzate, 1 rosso d'uovo sodo, 1 tazza di crostini di pane, abbondante parmigiano grattugiato.

Strofinare con l'aglio una insalatiera possibilmente di legno ed ungerla con un cucchiaio di olio, mescolare a parte olio, succo del limone liberato dai semi, acciughe, rosso d'uovo, girando dolcemente finché le acciughe non siano quasi disfatte, mettere nell'insalatiera la lattuga a piccoli pezzi spezzati con le mani, aggiungere la salsina, i crostoncini di pane tagliati piccoli e fritti nel burro, ed abbondante parmigiano.

Il mio incontro con la Toscana dopo il mio lungo soggiorno romano non ha riservato grandi sorprese perché, in fondo, io ritornavo «a casa» e ben poco della cultura culinaria di Roma avevo assorbito. Avevo continuato alla mia maniera a preparare i miei pasti ed a

I improved my technique by taking the advice of friends and above all by going to cookery schools in Rome.

I adopted very few recipes in Rome, perhaps because they were not really typically Roman. As regards cookery, very little remains there which is authentic, and in the same way there are few authentic Romans. In Rome, you can find typical dishes from all regions of Italy, as the people of Rome nowadays come from all regions. So what with dishes native to Abruzzi, Naples, Sicily or Sardinia, Rome possesses an important culinary «tradition», but, directly, also its own.

The Romans are great epicures and you could say that one eats well in Rome. The first courses are especially good – plentiful and well seasoned: the famous «fettuccine», «amatriciane», «penne», «rigatoni», all these types of noodles with a large variety of sauces. A good amatriciana is not easy to make, even if not really difficult. The balance of seasoning depends on experience. Therefore one particular restaurant is chosen for one particular dish, always the same one so as not to go wrong. It is the same thing with friends' houses. Here they make one special dish, there they make something else, according to the season, the market and their own interest. Paola used to get in large live lobsters from Sardinia and would invite you at the last minute for a small «informal» dinner: just the usual six! Nella, who is from Marche, prepared stuffed olives and knew who was crazy about them. Just a telephone call was needed to organise an evening get-together which always turned out to be most enjoyable. All this takes me back to my opening theme when I was trying to explain how agreeable it is to meet in friends' houses to enjoy a small meal together.

I should say that this habit really started in Rome, where I found that a dinner with various friends organised in advance always ended up by being very complicated. On the other hand, arrangements involving the usual «bite to eat» and «look, just a slice of ham so that we can be together» were always a great joy.

And talking about Nella's fried olives, here is her recipe. They should be tried, because they are exceptional.

Stuffed olives (for 6 people)

50/60 green olives; 150 grams minced veal; 150 grams minced pork; 100 bacon;

presentarli agli amici, migliorando la tecnica con i vari consigli delle amiche e, soprattutto, della scuola di cucina frequentata a Roma.

Ci sono pochissime ricette che ho adottato a Roma, di una cucina forse non proprio romana; di autentico in quella città, per quanto riguarda la cucina, è rimasto poco, come pochi sono i romani autentici. Ci sono le culture culinarie di tutte le regioni, come di tutte le regioni sono i romani di oggi. Così, fra un piatto abruzzese, uno napoletano, le varie preparazioni sicule o sarde, la città gode di una «tradizione» di cucina importata, ma, a diritto, anche sua.

I romani sono molto «golosi» e si può dire che a Roma si mangia bene, specialmente i primi piatti, abbondanti e ben conditi: le famose fettuccine, le amatriciane, le penne con i condimenti più svariati, i rigatoni. Una buona amatriciana non è facile, anche se non proprio difficile...dipende dall'esperienza. Si sceglie un particolare ristorante per un piatto speciale, sempre il solito, per non sbagliare.

Anche in casa degli amici è così. Qui fanno una particolare cosa, là ne preparano un'altra, a seconda della stagione, del mercato, degli interessi personali. Paola ha modo di avere dalla Sardegna grosse aragoste vive e ti invita, all'ultimo momento, per una cenetta «informale»: giusto i soliti sei! Nella che è marchigiana, ha preparato le olive ripiene, sa che ne vai matta, una telefonata e organizza una serata che risulterà simpatica come sempre.

Questo discorso riporta al mio tema di apertura, quando cercavo di spiegare quanto sia bello ritrovarsi in casa degli amici per fare un «boccone» insieme.

Potrei affermare che questa abitudine è nata proprio a Roma, dove «organizzare» una cena per tempo con vari amici è sempre complicato; mentre, organizzare il solito «boccone» e, «guarda.... solo una fetta di prosciutto, per stare un poco insieme» è sempre una gran gioia.

A proposito delle olive fritte di Nella, eccovi la sua ricetta. Sono da provare perché eccezionali.

Olive ripiene (per 6 persone)

n. 50/60 olive verdi Ascolane; 150 grammi di polpa di vitello; 100 grammi di polpa

50 grams grated parmesan cheese; 3 eggs; 1 tablespoon tomato sauce; 1 roll soaked in stock; white flour; breadcrumbs; oil; salt; pepper; nutmeg; cinnamon.

Chop the bacon and warm it in two tablespoons of oil. Add the roughly minced veal and pork, and brown well. Dilute the tomato sauce with a glass of warm water, add to the meat and finish cooking on a moderate heat.

Remove from the heat and mince carefully, adding one egg, the cooking juices, the soaked roll, a pinch of nutmeg, the cinnamon, grated parmesan, salt and pepper. Combine everything very thoroughly. Take large, good quality green olives and remove the stones. Stuff the olives with the above mixture. Dip them into flour, then into a well-beaten egg, finally in breadcrumbs and fry them in boiling oil. Drain and dry on absorbent paper. Serve hot as antipasti, or between courses. They are rather heavy: when I prepare them, I serve them with low-fat cheese, or simply with salad, following a very light first course – a dish of green vegetables or tomatoes, for example.

di maiale; 100 grammi di pancetta; 50 grammi di parmigiano grattugiato; 3 uova; 1 cucchiaio di salsa di pomodoro; 1 panino raffermo ammollato nel brodo; olio; pangrattato; farina; sale; pepe; noce moscata e cannella.

Scaldare dolcemente nell'olio la pancetta battuta ed aggiungere la carne di vitello e di maiale grossolanamente tritata lasciando rosolare bene. Allungare con un bicchiere di acqua tiepida la salsa di pomodoro, aggiungere alla carne e lasciar cuocere a fuoco moderato.
Togliere dal fuoco e tritare accuratamente, aggiungere il sughetto di cottura, la mollica di pane ammollata nel brodo, un uovo, il parmigiano grattugiato, sale, pepe, un pizzico di noce moscata e di cannella, amalgamare bene.
Snocciolare le grosse olive e riempirle con l'impasto preparato. Infarinarle leggermente, immergerle nell'uovo sbattuto, impanarle e friggerle in abbondante olio caldissimo. Scolarle ed asciugarle su carta assorbente. Servirle calde come antipasto o come piatto di mezzo. Sono piuttosto pesanti: quando le preparo, le servo con formaggi magri o, semplicemente, con insalata, dopo un primo leggerissimo: un passato di verdura o di pomodori, per esempio.

I dolci

Sweets

Sweets

To give the children a treat, it used to be my custom, when they turned up at home, to prepare something unusual for lunch such as American pancakes, or omelettes or French toast.

American pancakes

2 cups flour; 2 cups milk; 2 level teaspoonfuls baking powder; 6 teaspoonfuls melted butter (25 grams); 2 eggs separated, whites stiffly beaten.

Mix together all the ingredients, finally adding the stiffly beaten egg whites, with possibly an extra one. Heat up a nonstick pan, grease it lightly with butter (only the first time). Drop in the batter – which should be fairly runny – a spoonful at a time. When the pancakes start to make little bubbles (owing to the baking powder), turn them over with a palette knife. Cook well on both sides. Serve hot with honey, maple syrup, or hot raspberry syrup.

French toast

packet bread (two or three slices per head); butter for frying; 1 tablespoonful sugar; 1/4 litre milk; cinnamon; 2 eggs.

Mix the sugar and a pinch of cinnamon into the milk and the beaten eggs. Dip the bread slices into this and fry them in butter (possibly clarified). Serve topped with honey, syrup or jam.

I Dolci

Per fare felici i bambini avevo l'abitudine, quando questi si aggiravano per casa, di preparare per la colazione qualcosa di insolito come le frittelle americane, oppure le omelette e i french toasts.

Frittelle americane (pancakes)

2 tazze di farina; 2 tazze di latte; 2 cucchiaini di lievito; 25 grammi di burro fuso; 2 uova (Separare il rosso dalla chiara che deve essere montata a parte).

Mescolare tutti gli ingredienti, per ultime le chiare montate a neve più, eventualmente, una supplementare. Scaldare una padella antiaderente, ungerla leggermente con burro (solo per la prima volta) e versarci a cucchiai la pastella che deve risultare piuttosto morbida. Quando le frittelle cominciano a fare delle bollicine per effetto della lievitazione girarle con una paletta. Farle cuocere bene da ambo le parti. Servirle calde irrorate di miele o sciroppo di mirtilli o di lamponi caldo.

French toast

2 uova; pane in cassetta (due o tre fette a testa); burro per friggere; 1 cucchiaio di zucchero; 1/4 di litro di latte; cannella.

Mescolare al latte le uova, il cucchiaio dello zucchero e un pizzico di cannella. Immergervi velocemente le fette del pane in cassetta e friggerle nel burro possibilmente chiarificato. Servire con miele, sciroppi o marmellata.

111

Aunt Emily's pancakes

2 eggs (yolks only); 10 level tablespoons flour; 5 level tablespoons sugar; 1 litre milk; 1 packet of vanilla flavouring; grated lemon rind; salt; butter to grease the small frying pan; a drop of rum or Grand Marnier; apricot or cherry jam.

Whisk together well the egg yolks and sugar, then add 1/2 glassful of milk, the flour, a pinch of salt, grated lemon rind, vanilla, the remaining milk and the Grand Marnier or rum. Blend everything well together and start to cook the omelettes in a small iron pan, which has been lightly greased. This amount should make about 15 pancakes. Spread them with jam, fold them over and serve.

Omelette della zia Emilia

2 uova (solo il rosso); 10 cucchiai di farina; 5 cucchiai di zucchero; 1 litro di latte; 1 vaniglina; scorza di limone grattugiata; sale; burro (per ungere la padellina); 1 dito di rhum o Grand Marnier; marmellata di albicocche o di ciliegie.

Lavorare i due rossi d'uovo con lo zucchero battendoli bene, poi aggiungere 1/2 bicchiere di latte, la farina, una presina di sale, la buccia grattugiata del limone, la vaniglina, il resto del latte ed un dito di Grand Marnier o di rhum. Amalgamare bene il tutto e cominciare a cuocere le crepes in una padellina di ferro leggermente unta di burro. Con questa dose dovrebbero venirne circa 15 che si servono spalmate di marmellata a piacere ed arrotolate su se stesse.

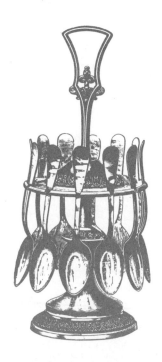

Puddings

Whenever an opportunity arises for a small improvised dinner party, I have always been successful with a pudding which has been prepared early and kept ready in the freezer. I would make the very sound suggestion that you rely on one of the following recipes.
Naturally, the fact that they are quick and easy dishes allows for them to be prepared at the last minute. They need a very brief preparation time, about an hour's cooking, and the requisite time to chill. A freezer can be of help.

Chocolate pudding (for 8 people)

3/4 litre milk; 120 grams bitter cocoa; 200 grams sugar; 15 Savoy biscuits; 5 eggs and a small packet of vanilla flavouring.

Boil the milk together with the sugar, cocoa and savoy biscuits for five minutes. Allow to cool. Add the egg yolks one by one, the vanilla, and last of all the stiffly-beaten egg whites. Caramelise a medium-sized mould with about 200 grams sugar, add the prepared mixture, place in a bain marie and cook for about 45 minutes in the oven, temperature 170° C. Turn out when cold. Serve with whipped cream.

Rice pudding (for 8 people)

3/4 litre of milk; 200 grams rice; 200 grams sugar; 100 grams butter; 150 grams sultanas; 5 eggs; 1 packet vanilla flavouring; 1 lemon (grated peel only).

Budini

Ogni volta che si è presentata l'occasione di una cenetta imprevista, la presentazione di un budino, che era stato preparato per tempo e tenuto in freezer, si è sempre risolta con un successo e il mio suggerimento di affidarsi ad una delle seguenti ricette è molto valido.

Naturalmente, essendo preparazioni semplici e rapide, nulla osta che vengano preparate all'ultimo momento. Sono necessari tempi di preparazione brevi, un'ora circa di cottura ed il tempo necessario al raffreddamento. Il freezer può aiutare anche per questo.

Budino di cioccolata (per 8 persone)

3/4 di litro di latte; 120 grammi di cacao amaro; 200 grammi di zucchero; 15 savoiardi; 5 uova e una bustina di vaniglina.

Bollire per cinque minuti latte, zucchero, cacao e savoiardi; lasciare raffreddare. Aggiungere uno ad uno i rossi delle uova, la vaniglina e, in ultimo, le chiare montate a neve ferma.

Caramellare uno stampo medio con circa 200 grammi di zucchero, aggiungere il preparato e cuocere in forno (170°) a bagno maria per circa 45 minuti. Sformare quando è freddo. Servire con panna montata.

Budino di riso (per 8 persone)

3/4 di litro di latte; 200 grammi di riso originario; 200 grammi di zucchero; 100 grammi di burro; 150 grammi di uvetta; 5 uova; 1 bustina di vaniglia; 1 limone (grattugiare solo la scorza).

Mentre bolle il latte, scottare per un minuto il riso in acqua

Whilst the milk is boiling, scald the rice for one minute in lightly-salted water, drain, and put into the hot milk and continue to cook for 25-30 minutes, stirring often. Then add the sugar and continue cooking for a further 5-10 minutes. Take it off the heat and add the butter and the sultanas. Let it cool. When it is cold, add the grated lemon peel, the five egg yolks one by one and the stiffly-beaten egg whites. Caramelise a medium-sized mould with 150 grams sugar, place in a bain marie and cook in the oven, at 170° C. for 40-45 minutes. Turn out when cold.

Confectioner's cream

10 eggs, yolks only; 250 grams sugar; 20 grams cornflour; 1 litre whole milk; pinch of salt; 1 packet vanilla flavouring or 1 vanilla pod.

Boil the milk with the vanilla pod. Meanwhile, work the egg yolks together with the sugar, pinch of salt and the packet vanilla (if not using the pod). When everything is well blended and smooth, add the cornflour, mix well, and then add the boiling milk (removing the vanilla pod if used). Cook gently on a very low heat, stirring continuously, for ten minutes.
This mixture is suitable for all recipes requiring the addition of cream, or for filling cream puffs.

Caramel Cream (for 8 people)

1 1/2 litres of milk; 6 eggs (only use the yolks); 200 grams sugar; vanilla and lemon peel; sugar to caramelise the mould.

This is quite a usual recipe, and certainly known to all housewives, especially here in Tuscany. Each of us makes a similar caramel cream, and I do not doubt that it always turns out well. As for me, I use these quantities and the same method. The only difference is that I boil the milk for a long time which should be reduced and turn a lovely chestnut colour. The addition of a generous amount of lemon peel gives it a special flavour which will have a bearing on

116

leggermente salata, scolarlo e metterlo nel latte caldo dove deve proseguire la cottura per 25/30 minuti girandolo spesso; aggiungere a questo punto lo zucchero e proseguire la cottura per altri 5/10 minuti. Togliere dal fuoco, aggiungere il burro e l'uvetta; lasciare raffreddare. Quando è freddo aggiungere la vaniglina, il limone grattugiato, i cinque tuorli uno ad uno e le chiare montate a neve ferma. Caramellare con 150 grammi di zucchero uno stampo medio e cuocere in forno a 170° per 40/50 minuti a bagno maria. Sformare quando è freddo.

Crema Pasticcera

10 uova (solo il rosso); 250 grammi di zucchero; 20 grammi di maizena; 1 litro di latte intero; un pizzico di sale; 1 bustina di vaniglina o 1 stecca di vaniglia.

Far bollire il latte intero con la stecca della vaniglia e intanto lavorare i rossi delle uova con lo zucchero, la presa di sale e, se non è stata usata la stecca della vaniglia, una bustina di vaniglina. Quando sarà tutto ben amalgamato e soffice, aggiungere la maizena, mescolare bene, poi il latte bollente (togliendo la stecca di vaniglia nel caso si sia usata), porre sul fuoco molto basso e, girando continuamente, far cuocere dolcemente per 10 minuti.
Questa preparazione è indicata in tutte le ricette dove è necessaria l'aggiunta di crema o per riempire bigné, ecc.

Crema Caramellata (per 8 persone)

1 litro e mezzo di latte; 6 uova (usare solo i rossi); 200 grammi di zucchero; vaniglina e scorza di limone; zucchero per caramellare lo stampo.

Questa ricetta, abbastanza comune, è certamente nota a tutte le donne di casa, soprattutto in Toscana. Ognuna di noi fa il *crem caramel* come le pare e non ho dubbi che venga sempre bene. Io uso, diciamo così, queste dosi e lo stesso procedimento; unica variante è la bollitura prolungata del latte che deve ridursi e diventare di un bel colore marroncino. La presenza di abbondante scorza di limone gli conferirà uno speciale aroma che influenzerà il sapore finale del *crem caramel*.

the final flavour of the caramel cream.

Put the milk on to boil with plenty of lemon peel and reduce it to about 1 litre. In the meantime, blend together the sugar and egg yolks. Add the vanilla and the strained hot milk. Put into a caramelised medium-sized mould and cook for about an hour at 160° C. using a bain-marie. The mixture should never come to the boil and for this reason must be carefully watched. Use a wooden toothpick for testing whether it has cooked long enough. The pudding is ready when it is dry in the middle.

Pudding «Lorenzo the Magnificent» (for 8 people)

left-over cake (panettone) (about 400 g); 4 eggs; 3/4 litre of milk; 100-150 grams sugar plus sufficient to caramelise the tin; 100 grams butter (not indispensable).

Lorenzo the Magnificent would not have died so young if his cooks had known about the pudding which has been named after him! But Anna Maria who invented it and taught us how to make it in one of her cookery classes, has certainly created or divulged the recipe for an exceptional dish. It is without doubt one of the recipes from my collection which has been the most successful. Not one of my guests who has been offered this pudding has left my house without carrying away the recipe. It is so simple to make, and in addition is a way of using up the inevitable surplus of sweet cake after a long celebration.

Work the whole eggs and the sugar together, add the milk which has previously been boiled with a piece of lemon peel. Caramelise a medium-sized mould with 100-150 grams sugar. Put in a layer of stale cake add a few spoonfuls of melted butter, and using a large spoon, cover this with the prepared mixture of milk and eggs. Carry on with layers of cake, butter and milk mixture, until used up. Cook in a bain-marie for 25-30 minutes in the oven at 170° C.

A note concerning Lorenzo pudding:
It is possible to use slightly stale brioches (buns) or pandoro cake. When using these two ingredients, remember to add sultanas and

Mettere a bollire il latte con abbondante scorza di limone e ridurlo a circa un litro. Intanto lavorare le uova con lo zucchero, aggiungere la vaniglina, il latte caldo passato al colino, e cuocere in forno a bagno maria nello stampo medio caramellato per circa un'ora a 160°. Il composto non deve mai alzare il bollore, per cui è necessario sorvegliare attentamente. Saggiare il grado di cottura con uno stecchino o uno stuzzicadenti di legno. Quando il composto è asciutto nell'interno, è pronto.

Budino di Lorenzo il Magnifico (per 8 persone)

Avanzi di panettone (400 grammi circa); 4 uova; 3/4 di litro di latte; 100/150 grammi di zucchero, più altrettanto per caramellare lo stampo; 100 grammi di burro (non indispensabile).

Lorenzo il Magnifico non sarebbe morto così giovane se il budino che è stato battezzato con il suo nome fosse stato conosciuto dai suoi cucinieri!.. Ma Anna Maria che l'ha inventato, e che ce lo ha insegnato in una delle sue lezioni di cucina, ha certamente creato o divulgato un piatto eccezionale. È senza dubbio una delle ricette del mio repertorio che ha avuto maggior successo. Nessuno degli ospiti a cui sia stato proposto è uscito dalla mia casa senza portarsene via la ricetta. È semplice ed inoltre permette di utilizzare gli inevitabili avanzi di panettone durante il lungo periodo natalizio.

Lavorare le uova intere con lo zucchero, aggiungere il latte precedentemente bollito con una scorza di limone. Caramellare con 100/150 grammi di zucchero uno stampo da budino medio, fare uno strato di fettine di panettone raffermo, versarvi qualche cucchiaino di burro fuso e coprire, usando un grande cucchiaio, con il composto preparato con il latte e le uova; proseguire con le fettine del panettone, burro e composto fino ad esaurimento. Cuocere per circa 25/30 minuti in forno a 170° a bagno maria.

N.B. Possono essere usate briosce anche rafferme o il pandoro. Nel caso vengano usati questi due ingredienti ricordarsi di aggiungere delle uvette ed eventualmente delle fettine molto sottili di mela.

possibly very thin apple slices. On the list of necessary ingredients, I have mentioned butter, noting in brackets that it is not indispensable. In fact, butter makes the pudding smoother and more nutritious, but it does not change the taste. For this reason, and seeing that butter is always avoided for dietary reasons, whatever they may be, if possible I always try to avoid using it.

The following recipe is a special case. The resulting pudding is quite exceptional, with a delicate flavour, smooth as velvet and delicious, but absolutely laden with calories. It is a very nutritious caramel cream, and only its appearance is light. It is well worth trying, and doubtless there will be occasions when you can offer it. Its success is certain.

I call it *Signora Barchielli's dessert* because she gave me the recipe. (for 8 people)

500 grams fresh whipping cream; 4 level tablespoonfuls of sugar; 6 egg yolks; 1 packet vanilla flavouring; 200 grams sugar to caramelise the mould.

Beat the yolks and the sugar just long enough to blend the two ingredients well together, add the vanilla and the cream. Caramelise a medium-sized mould with the 200 grams sugar, pour the mixture into the mould, and place it in a bain-marie of hot water ready for cooking. Cover with aluminium foil and cook for three hours at 180°C. I repeat: for three hours. Allow to get cold before turning out. If the caramel sticks to the tin, it can be lightly warmed up and then poured over the top of the pudding.

Two rapid desserts using cream. Easily and quickly prepared they provide a valid alternative to ice cream in the Summer. Here they are:

Nell'elencare gli ingredienti necessari ho indicato il burro annotando, fra parentesi, che non è indispensabile. Il burro rende infatti il budino più morbido e più nutriente, ma non modifica il sapore; per cui, considerato che il burro viene sempre evitato per motivi di dieta, qualunque questa sia, io cerco, quando posso, di ridurne l'uso.

La ricetta che segue è particolare. Il budino che ne deriva è assolutamente eccezionale, indescrivibile. È morbido come il velluto, profumato e delizioso ma, assolutamente, un concentrato di calorie. È un *crem caramel* tutto nutrizionale, leggero solo in apparenza, tuttavia vale la pena di provarlo e ci saranno senza dubbio occasioni per proporlo. Il successo è sicuro.
Lo chiamo Il dolce della Signora Barchielli perché è da questa signora che ho avuto la ricetta che è la seguente

Dolce della Signora Barchielli (per 8 persone)

500 grammi di panna fresca da montare; 3 cucchiai rasi di zucchero; 6 rossi d'uovo; 1 bustina di vaniglia; 200 grammi di zucchero per caramellare lo stampo.

Montare i rossi con lo zucchero giusto il tempo necessario per amalgamare bene i due ingredienti, aggiungere la vaniglina e la panna.
Caramellare uno stampo medio con i 200 grammi di zucchero, versare il composto nello stampo e porlo in un contenitore per la cottura a bagno maria dove sia dell'acqua già calda. Coprire con un foglio di alluminio e cuocere per tre ore in forno 180°. Ripeto: per tre ore. Lasciare freddare prima di sformarlo. Il caramello che, eventualmente, dovesse rimanere attaccato allo stampo si può leggermente scaldare e rovesciare sopra il budino.

Due budini velocissimi con la panna. Io preferisco quello gelato, più rapido e più saporito, secondo il mio gusto e quello dei miei ospiti. Nell'estate è una valida alternativa al gelato e prevede un tempo di preparazione più breve. Eccoli:

Frozen cream (for 8 people)

500 grams fresh cream; 25 grams sugar; crumbled marrons glacés; or chips of bitter chocolate.

Whip the cream with a little sugar, add the chocolate chips or crumbled marrons glacés, folding them in gently. Put the mixture in a cake tin, previously   rinsed out with cold water. Allow to stand in the freezer for several hours before turning it out and serving with a topping of hot chocolate sauce.
To make the chocolate sauce, boil half a litre of milk containing 100 grams melted bitter chocolate. Beat lightly whilst it is boiling. Sugar to taste.

Cooked cream (for 8 people)

500 grams fresh cream; 250 grams semi-skimmed milk; 4 level tablespoons sugar; 1 packet vanilla; 2 sheets gelatine; 6 tablespoonfuls of sugar to caramelise the mould.

Boil together the cream, milk and sugar for a few minutes. Meanwhile, soften the gelatine, in cold water. Take it out of the water and dry lightly. When the cream, milk and sugar have been boiling for several minutes, take them off the heat, add the vanilla and the gelatine, mix well and put it all in a caramelised cake mould and leave it in the fridge for several hours.
Before bringing the cooked cream to the table, turn it out of the mould and decorate. It would be pleasing to both eye and palate to surround it with orange slices, mandarine segments, slices of kiwi, candied cherries, all or some of these according to season and your own fancy.

These two speedy desserts are of great help if, at short notice, you need to have an excellent creamy sweet. Another advantage is that they can be prepared in advance – even days in advance. Both of them can be kept in the freezer. In the case of cooked cream this must be taken out of the freezer two hours before being served. Obviously, decorations involving fresh fruit must be done at the last minute.

Panna gelata (per 8 persone)

500 grammi di panna fresca; 25 grammi di zucchero; marrons glacés anche sbriciolati, oppure cioccolata amara in scaglie.

Montare la panna con poco zucchero, aggiungere la cioccolata tagliata a scagliette oppure i marrons glacés sbriciolati, amalgamando delicatamente. Mettere il composto in uno stampo da plumcake bagnato con acqua fredda. Lasciar riposare in freezer qualche ora prima di servirlo irrorato di cioccolata calda.
Per la salsa di cioccolato, bollire mezzo litro di latte nel quale sia stato sciolto un ettogrammo di cacao amaro. Sbattere leggermente intanto che bolle. Zuccherare a piacere.

Panna cotta (per 8 persone)

500 grammi di panna fresca; 250 grammi di latte semimagro; 4 cucchiai di zucchero; 1 vaniglina; 2 fogli di colla di pesce; 6 cucchiai di zucchero per caramellare lo stampo.

Bollire per pochi minuti insieme panna, latte e zucchero. Intanto ammollare nell'acqua fredda la colla di pesce. Togliere la colla dall'acqua ed asciugarla leggermente. Quando gli ingredienti messi a bollire hanno spiccato il bollore da qualche minuto, toglierli dal fuoco, aggiungere la vaniglina e la colla di pesce, mescolare bene e mettere il tutto in uno stampo da plumcake caramellato e lasciare in frigorifero per qualche ora.
Prima di portare la panna cotta in tavola, sformarla e decorarla. Sarà piacevole sia alla vista che al palato contornata di fettine di arancio, spicchi di mandarino, fettine di kiwi, ciliegine candite; tutto questo o parte, a seconda della stagione e della propria fantasia.

Queste due preparazioni, velocissime, aiutano ad avere pronto in breve tempo un ottimo dolce al cucchiaio e presentano il vantaggio di poter essere preparate anche giorni avanti; ambedue, infatti, possono essere conservate in freezer. Nel caso della panna cotta togliere dal freezer due o tre ore prima di servirla. Ovviamente le decorazioni debbono essere fatte all'ultimo momento con frutta fresca.

During the summer, ice cream is the most agreeable dessert. Here I am not going to venture to say much in view of all the very good recipes used by ice cream vendors, incorporating fresh fruit and citrus juice, with excellent results. Nevertheless, I can indicate a few basic formulas for good home-made ice cream desserts which are simple and time-saving.

Chocolate ice cream (for 8 people)

4 eggs; 250 grams fresh whipping cream; 75 grams chocolate; 75 grams sugar.

Beat the egg yolks and sugar well together until light. Melt the chocolate in a little milk or water over a low heat until smooth and creamy, then remove from the heat and allow to cool. At this stage add the beaten egg yolk mixture, fold in gently the whipped cream, and the stiffly beaten egg whites. Keep in the freezer for several hours and take out 15 minutes before bringing it to the table. Serve with hot chocolate.
Another variation of this «ice cream» is made with coffee. Instead of chocolate, substitute a small cup of very creamy coffee containing a small teaspoonful of chocolate.

Cream bavarois (for 8 people)

6 eggs - yolks only; 6 tablespoons sugar; vanilla; 1/2 litre fresh whipped cream.

Beat together the egg yolks and sugar so as to obtain a smooth light cream. Add the whipped cream and vanilla. Keep in the freezer for several hours before serving, remembering to take it out at least half an hour beforehand.

Durante l'estate, il dessert più piacevole è il gelato, e qui non mi avventuro perché le ricette di ogni buona gelatiera sono senz'altro le migliori, ed usando ingredienti freschi e genuini, come la frutta, o i succhi di agrumi, il risultato è sempre eccellente. Ciononostante, posso indicare alcune formule per ottenere un buon dessert gelato senza l'aiuto della gelatiera, con procedimento elementare e con pochissima perdita di tempo.

Gelato al cioccolato (per 8 persone)

4 uova, 250 grammi di panna fresca da montare; 75 grammi di cioccolato; 75 grammi di zucchero.

Montare bene i rossi d'uovo con lo zucchero finché diventano chiari. Sciogliere la cioccolata in poca acqua o latte sul fuoco basso. Quando si è ottenuta una crema liscia si toglie dal fuoco e si lascia raffreddare. A quel punto si aggiunge alle uova montate, vi si incorpora dolcemente la panna montata e, volendo, anche le chiare montate a neve ferma. Tenere in freezer per qualche ora e togliere 15 minuti prima di portare in tavola. Servire con cioccolata calda. Una variante a questo «gelato» è ottenuta con il caffé, sostituendo alla cioccolata una tazzina di caffé molto cremoso con dentro un cucchiaino di cioccolata.

Bavarese alla panna (per 8 persone)

6 uova – solo i rossi; 6 cucchiai di zucchero; vaniglina; 1/2 litro di panna fresca montata.

Lavorare bene i rossi delle uova con lo zucchero fino ad ottenere una crema liscia e chiara, unire la panna montata e la vaniglina. Tenere in freezer per alcune ore prima di servire e ricordarsi di toglierla dal freezer almeno un'ora prima.

Meringues and cream with strawberries (for 6 people)

1/4 litre whipping cream; 100 grams small meringues; 200 grams strawberries; sugar.

Whip the cream with a little sugar. On a small cake dish, round if possible, arrange a thin layer of meringues (they are made with egg whites and can be home-made or bought ready-made). Cover this with cream, possibly piping it on in a scalloped pattern, using an icing bag. Garnish with fresh strawberries. You can also make several layers of meringues in which case you will have to use more cream.

Bavarois custard which I sometimes prepare, is not difficult to make and gives quite a welcome result, even if it is rather rich, and therefore not suited to every palate (for 6 people)

5 eggs; 1/2 litre milk; 1/2 vanilla pod; 200 grams sugar; 100 grams gelatine; 200 grams whipped cream; 2 teaspoonfuls of sweet almond oil to grease the mould.

Boil the milk with the vanilla. Separately, whip together the 5 egg yolks with the sugar so as to obtain a very light and smooth cream. A little at a time, pour the hot milk over the egg mixture and cook gently over a very low heat stirring continually, trying to avoid curdling when it comes to the boil. As soon as it is ready, remove from the heat, allow to cool and add the gelatine (previously softened in cold water and then well wrung out). When the whole thing is completely cold, fold the whipped cream in carefully, put it in a mould and refrigerate for several hours. Afterwards, turn out of the mould and decorate as you please with chocolate chips, candied peel, whipped cream etc.

Panna e meringhe con fragole (per 6 persone)

250 grammi di panna da montare; 100 grammi di meringhe piccole; 200 grammi di fragole; zucchero.

Montare la panna con poco zucchero; in un vassoietto possibilmente rotondo adagiare una fila di meringhe (sono fatte con le chiare delle uova e si possono acquistare già pronte), coprirle di panna usando possibilmente l'apposita tasca con la bocca smerlata, guarnire con fragole fresche. Le meringhe, volendo, si possono mettere a vari strati. In tal caso aumentare la quantità della panna.

La *bavarese alla crema,* che qualche volta preparo, non è difficile e risulta piuttosto gradita, anche se abbastanza ricca e quindi non adatta a tutti i palati.

Bavarese alla crema (per 6 persone)

5 uova; 1/2 litro di latte; 1/2 stecca di vaniglia; 200 grammi di zucchero; 100 grammi di colla di pesce; 200 grammi di panna montata; 2 cucchiai di olio di mandorle per ungere lo stampo.

Far bollire il latte con la vaniglia. A parte lavorare bene con lo zucchero i tuorli delle cinque uova fino ad ottenere una crema chiarissima e liscia. Versare a poco a poco sulle uova così montate il latte caldo, sul fuoco bassissimo lasciare cuocere dolcemente sempre girando e portare la crema a cottura cercando di evitare che, bollendo, impazzisca. Appena la crema è pronta e intiepidita aggiungerci la colla di pesce precedentemente ammorbidita nell'acqua fredda e bene strizzata; quando il tutto si sarà completamente raffreddato aggiungere delicatamente la panna montata, mettere in uno stampo e nel frigorifero per alcune ore. Successivamente toglierla dallo stampo e decorarla a piacere con pezzetti di cioccolato, con canditi o panna montata.

Chocolate bavarois (for 6 people)

To the ingredients listed before add *50 grams sugar; 75 bitter chocolate.*

Proceed as before. In this recipe it is not necessary to boil a vanilla pod with the milk. Remember that the vanilla pod must always be removed from the milk before it is used. Also bear in mind that with both recipes sweet almond oil must be used to grease the mould.

Strawberry bavarois (for 6/8 people)

1 kg. strawberries; 150 grams sugar; 3 egg whites; 250 grams whipped cream; 1 orange; squeezed.

Wash and hull the strawberries and whisk them with the sugar. Add the juice of the orange which has been squeezed and strained, the stiffly-beaten egg whites and the whipped cream. Mix it all together very delicately and put into a mould previously greased with sweet almond oil or lined with aluminium foil. Freeze. Take it out of the freezer or two an hour before serving and decorate with whipped cream and whole strawberries.

Little mascarpone cups with rum (for 6/8 people)

300 grams mascarpone (mascarpone is an Italian sweet cheese)*; 300 grams Savoy biscuits; 3 eggs (yolks only); 6 tablespoons sugar; 1 small glass rum; 200 grams whipped cream; 2 small cups of black coffee.*

Whisk together the sugar and egg yolks until the mixture is light and clear. Add the whipped cream and the mascarpone, both a little at a time. Soak the savoy biscuits in black coffee and rum and arrange them at the bottom of dessert glasses. Fill the mascarpone cream on top of the biscuits to within one centimetre of the brims, and dust with bitter cocoa. To make the dessert richer, the mascarpone mixture can be decorated with whipped cream before dusting with cocoa powder, which should only be sprinkled on last. Refrigerate for several hours before serving.

Bavarese al cioccolato (per 6 persone)

aggiungere agli ingredienti della ricetta precedente: 50 grammi di zucchero; 75 grammi di cioccolato amaro.

Procedere come la precedente. In questo caso non è necessario far bollire il latte con la stecca di vaniglia. Ricordarsi che la stecca va tolta dal latte prima di usarlo. Ricordarsi inoltre di usare l'olio di mandorle dolci per ungere lo stampo.

Bavarese di fragole (per 6/8 persone)

1 kg. di fragole; 150 grammi di zucchero; 3 albumi; 250 grammi di panna montata; 1 arancio spremuto.

Frullare le fragole, preventivamente pulite, con lo zucchero, aggiungere il succo dell'arancio spremuto e passato al colino, gli albumi montati a neve ferma, la panna montata. Amalgamare il tutto delicatamente e mettere in uno stampo unto con l'olio di mandorle dolci o foderato di alluminio; congelare. Al momento di servirla (va tolta dal freezer un'ora o due prima), decorarla con panna montata e fragole intere.

Coppette di mascarpone al Rhum (per 6/8 persone)

300 grammi di mascarpone; 300 grammi di savoiardi; 3 rossi d'uovo; 6 cucchiai di zucchero; 1 bicchierino di Rhum; 200 grammi di panna montata; 2 tazzine di caffé amaro.

Lavorare i rossi d'uovo con lo zucchero fino ad ottenere una crema soffice e chiara, unire la panna montata, il mascarpone, tutti e due a piccole dosi, sistemare sul fondo delle coppette dei savoiardi imbevuti nel rhum e nel caffè, disporci sopra la crema al mascarpone fino ad un centimetro dall'orlo e spolverarvi il cacao amaro.
Per arricchire la preparazione, prima di spolverare il cacao si può decorare con panna montata. Lasciare in frigorifero qualche ora prima di servire.

Chocolate mousse (for 6 people)

75 grams bitter chocolate; 3 eggs; 75 grams of icing sugar.

Melt the chocolate with two tablespoons of water on a very low light and take it off the heat when it has formed a smooth paste. Add the 3 egg yolks, one by one, and the sugar. (Castor sugar can be pulverised rapidly in the mixer. In any case, to simplify matters, I add castor sugar directly to the chocolate and whilst this is melting, the sugar also dissolves). Whip the egg whites stiffly and add to the ready prepared chocolate mixture. Put into sundae glasses and keep in the fridge for several hours before serving. To make the mousse richer and more delicate, substitute whipped cream for the stiffly-beaten egg whites.

In the case of sweets which have to be cut, *apple tart* served hot deserves a special mention. It is very quick and easy and can be baked in the oven whilst other items are cooking. It is advisable to prepare it in an oven-proof dish which can be brought directly to be table.
For your information English ovenproof china with fluted sides is the most suitable.

Apple tart (for 6 people)

5 apples peeled and cored, cut into thin slices; 300 grams sugar; 100 grams butter; 2 eggs; 1/2 glass milk; 2 level tablespoons flour; 1 packet of baking powder.

I have to say in advance that for me the amount of sugar given in the recipe is too much. However, I have to admit that the quantity indicated gives the tart a very special caramel flavour which is lost if less sugar is used. I suggest you once try out the recipe as it stands and then possibly adjust it later according to your own taste.
This recipe has quite an unusual history. The restaurant where the tart is offered is very possessive of the recipe which it was never possible to obtain. One day we had invited a friend who is a very distinguished and popular Italian film actor and when he asked for

Mousse al cioccolato (per 6 persone)

75 grammi di cioccolato amaro; 3 uova; 75 grammi di zucchero in polvere.

Sciogliere il cioccolato con un paio di cucchiai d'acqua sulla fiamma molto dolce e ritirarlo dal fuoco quando si è formata una pasta liscia. Aggiungere, uno ad uno, i tre rossi d'uovo e lo zucchero (per rendere in polvere lo zucchero semolato basta frullarlo velocemente nel mixer. Per semplificare, io mescolo lo zucchero semolato direttamente con la cioccolata; mentre questa fonde lo zucchero si scioglie). Montare a neve ferma gli albumi ed amalgamarli con la cioccolata già pronta. Mettere nelle coppette e tenere in frigorifero per qualche ora prima di servirla. Per rendere la mousse più ricca e delicata, sostituire gli albumi con panna fresca montata.

Nel caso di dolci al taglio, uno spazio speciale merita la *Torta di mele* che si serve *calda*. È molto facile e rapida e può essere cucinata in forno mentre cuociono le altre cose.
È consigliabile prepararla in una pirofila da portare direttamente in tavola. Le porcellane da forno inglesi, con i bordi ondulati, per intendersi, sono le più adatte.

Torta di mele calda (per 6 persone)

5 mele sbucciate e tagliate a fettine sottili; 300 grammi di zucchero; 100 grammi di burro; 2 uova; 1/2 bicchiere di latte; 2 cucchiai di farina; 1 bustina di lievito per torte.

Premetto che, per me, lo zucchero indicato nella ricetta è eccessivo. Però debbo ammettere che la quantità indicata conferisce alla torta un gusto caramellato tutto particolare che si perde quando si diminuisce la quantità dello zucchero. Suggerisco di provare una volta la ricetta così come mi è stata data, poi, eventualmente, aggiustare secondo i propri gusti.
La storia di questa ricetta è abbastanza singolare. Il ristorante che la propone ne è gelosissimo e non era mai stato possibile ottenerla. Un giorno abbiamo invitato un amico che è un notissimo e molto amato

the recipe they did not know how to refuse him. It is a simple recipe but it was not easy to imagine what the ingredients were. You will notice this immediately.

Proceed by slicing the five apples very thinly (the quality is not important). Separately, blend the eggs, milk and sugar. Mix them together a bit, and then add the flour, melted butter, raising agent and the apples. Put it all in the buttered baking dish, and cook for one hour at 160°/180° C. It does not matter much if it burns a little. Serve hot after letting it rest for some minutes.

I call it my jolly tart. Everyone likes it very much. I prepare it at the last minute and it never disappoints.

I do not prepare very many tarts. My favourite kinds are those with a pastry crust. I use various types of jam or marmalade according to what is in the house. I usually use a home made jam, not excluding bitter orange marmalade. However, jams made from wild fruit or cherries are the best for this kind of tart.

Jam tart (for 6 people)

2 eggs (yolks only); 200 grams flour; 100 grams sugar; 100 grams butter; grated lemon rind; pinch of salt.

Take the eggs and the butter out of the fridge for several hours before using. Then blend the egg-yolks with the sugar, flour, butter (it does not have to be melted) and work it all together very rapidly with the grated lemon rind and salt. Wrap the ball of dough thus obtained in a napkin and allow to rest in a cool place, or in the fridge for at least half an hour. Butter a tart tin 26 cm. diameter and line with the pastry, rolled out thinly (height 1 cm). Spread with the chosen jam, and garnish with strips of pastry, straight or criss-cross, as your fancy takes you. Put it in the oven, pre-heated to 180° C. and let it cook for about 45 minutes, keeping an eye on it occasionally. It has to turn a light chestnut (the same colour as biscuits).

As a small suggestion, if, instead of buttering the tin, you use the right kind of Domopak ovenproof paper, you will not have the least difficulty taking the tart out of the tin.

Sometimes, if I am in rather a hurry, I use an alternative recipe

attore cinematografico Italiano e, alla sua richiesta, proprio non hanno saputo dire di no. È una ricetta semplice, ma gli ingredienti non erano facili da scoprire. Ve ne accorgerete subito.

Procedere affettando molto sottili le cinque mele (non importa di che qualità). A parte mescolare le uova, il latte, lo zucchero, lavorare un poco poi aggiungere farina, burro fuso e lievito, infine le mele. Mettere tutto nella teglia precedentemente imburrata e cuocere per un'ora a 160/180 gradi. Se si bruciacchia un po' non è male. Servire calda dopo averla fatta riposare per qualche minuto. la chiamo «la mia torta jolly», piace molto a tutti, la preparo all'ultimo momento, non delude mai.

Le torte che preparo non sono moltissime; la mia preferita è la crostata. Uso tipi diversi di marmellata a seconda di quello che ho in casa. Solitamente adopero le marmellate che faccio da sola, non esclusa quella di arance amare. Le marmellate di frutti di bosco e di ciliegie sono, tuttavia, le migliori per questo tipo di torta.

Crostata alla marmellata (per 6 persone)

2 rossi d'uovo; 200 grammi di farina; 100 grammi di zucchero; 100 grammi di burro; buccia di limone grattugiata; un pizzico di sale.

Tenere fuori dal frigorifero il burro e le uova per qualche ora prima di usarli. Poi mescolare i rossi con zucchero, farina e burro (non deve essere fuso sul fuoco) e lavorare il tutto con la scorza del limone e il sale, molto rapidamente. Avvolgere la pallina ottenuta in un tovagliolo e lasciare riposare per circa 30 minuti in frigorifero. Con metà della pasta spianare un disco del diametro della teglia (cm. 26) alto circa 1 cm.. Spalmarci la marmellata e sopra formare una griglia di listerelle larghe 1 cm. circa ed un bordo tutto intorno pressato leggermente. Infornare in forno preriscaldato a 180° e sorvegliare. È pronta quando è leggermente marroncina (il colore dei biscotti).

Un piccolo suggerimento: se invece di imburrare la teglia la foderate con l'apposita carta da forno della Domopak, al momento di toglierla dalla teglia non avrete il benché minimo problema.

Talvolta, se ho un po' di fretta, uso una ricetta alternativa che mi

whereby I can roll out the soft pastry without first having to let it rest. I simply use a whole egg and add a fraction of a spoonful of baking powder. In this way, I obtain a short pastry, softer and more spongy, not really like a proper short pastry, but equally good.

Using the short pastry made from the second recipe, I prepare sweets with fresh fruit, and in this case I put the pastry in a greased tin (or one lined with Domopak paper) and bake it blind, filled with dried beans to prevent it rising. When it is cooked and has been taken out of the tin, I put in a thin layer of confectioner's cream and arrange fruit on top. I use whatever fruit is in season cutting it accordingly. Puff pastry is more suitable for making tarts with wild fruit.

Pineapple tart (for 8 people)

1 tin pineapples; 150 grams flour; 150 grams butter; 250 grams sugar; 2 eggs; 1 packet vanilla flavouring; 1 scant packet baking powder (2 level teaspoons).

Use 100 g. of sugar to caramelise a baking tin for tarts, diameter 28/ 30 cms. Allow to cool, then spread butter on top of the caramel and arrange the slices of pineapple as a base covering the whole surface. Mix well together the rest of the sugar with the two egg yolks and the butter (previously melted in a bain-marie). Add the flour, half of the liquid from the pineapple tin, the two teaspoonfuls of baking powder and the vanilla. Beat the egg whites until stiff and fold them gently into the mixture. Pour it into the tin and bake in a hot oven, preheated to 200° C. for 40-45 minutes. Remove from the tin whilst still warm and turn it upside down on to a serving dish. The pineapple will be on top, which makes it pleasing to the eye.

During a recent trip to France, in Alsace to be exact, in one of the restaurants which is famous for the number of stars adorning it, I had the opportunity of tasting a dessert whose recipe was given to me by a Tuscan friend a long time ago, as follows:

consente di lavorare la pasta frolla senza aspettare che si riposi, semplicemente aggiungendo un bianco d'uovo e mettendo una puntina di cucchiaio di lievito. In questo modo si ottiene una pasta più soffice e spugnosa, non propriamente come la frolla deve essere, ma ugualmente buona.

Con la pasta frolla ottenuta con la seconda ricetta, preparo i dolci di frutta fresca ed in questo caso faccio cuocere in una teglia solo la pasta e, appena raffreddata la cospargo di crema pasticcera, un piccolo strato e ci sistemo la frutta di stagione opportunamente tagliata. Uso questa pasta per le torte di frutti di bosco, sebbene per la loro preparazione sarebbe più indicata la pasta sfoglia.

Torta all'ananas (per 8 persone)

1 scatola di ananas; 150 grammi di farina; 150 grammi di burro; 250 grammi di zucchero; 2 uova; 1 vaniglina; 1 bustina scarsa di lievito (2 cucchiaini rasi).

Caramellare una tortiera di 28/30 centimetri di diametro con 100 gr. dello zucchero, lasciar raffreddare poi imburrare sopra il caramello ed adagiare sul fondo le fette di ananas fino a ricoprire tutta la superficie.

Lavorare il resto dello zucchero con i tuorli delle due uova, il burro sciolto a bagno maria; aggiungere la farina, metà del liquido del barattolo di ananas, i due cucchiaini di lievito e la vaniglina.

Montare gli albumi a neve ferma ed aggiungerli delicatamente al composto. Versarlo nella teglia e mettere in forno già caldo a 200° per 40/45 minuti. Togliere dalla teglia quando è ancora bollente capovolgendola in un piatto di portata.

Gli ananas resteranno sulla superficie, rendendo il dolce piacevole alla vista.

Durante un mio recente viaggio in Francia, esattamente in Alsazia, in uno dei ristoranti che io chiamo «dell'universo» per il numero di stelle di cui si fregiano, e che sono sempre eccezionali, ho avuto modo di gustare un dessert la cui ricetta mi era stata data da un'amica toscana molto tempo fa e che qui di seguito trascrivo:

Graziella's cold apple dessert (for 8 people)

350 grams savoy biscuits; 150 grams sultanas; 5 imperial apples, peeled and cored; 70 grams butter or margarine; 100 grams sugar; 1/2 glass of dry communion wine.

Cut the apples into very thin slices and stew with the butter and sugar. In the meantime, put the sultanas to soften in the wine with water added (half wine, half water). Add the sultanas to the apples, with all the liquid in which they have been soaked and mix everything together very well.

Line a pudding basin with the Savoy biscuits which have been steeped in a liqueur to taste (Grand Marnier, Marsala, or Rum diluted with an equal amount of water). Inside this, put in a layer of soaked biscuits, then a layer of apple mixture and continue with these layers until the basin is full. Keep it in the fridge for at least 12 hours. Separately, make a confectioner's cream using 1 egg yolk, a glassful of milk, a tablespoonful of sugar and a level tablespoonful of flour and the grated rind of a lemon.

Just before bringing it to the table, turn the dessert out on to a plate or round dish, pour the cream on top and decorate with whipped cream (not indispensable).

To facilitate turning the dessert out of its mould, this latter can be lined with aluminium foil to prevent sticking.

This sweet can also be prepared in individual glasses.

This makes for some difficulty when it comes to lining the glasses with the Savoy biscuits which then tend to take up most of the space. To avoid this, the biscuits need to be cut in two lengthways.

Berlingozzo (for 8 people)

400 grams flour; 250 grams sugar; 2 whole eggs (3 if small); 50 grams butter; 1 packet baking powder, dissolved in a drop of lukewarm milk; salt.

Mix the flour with the sugar in a bowl, or on the table. Add the eggs, a pinch of salt, the butter, melted in a bain-marie, and the baking powder dissolved in a little barely-tepid milk. Work this all together using a fork, and your hands if the dough is the right consistency for

Semifreddo di mele di Graziella (per 8 persone)

350 grammi di savoiardi; 150 grammi di uvetta; 5 mele imperatore; 70 grammi di burro o margarina; 100 grammi di zucchero; 1/2 bicchiere di vin santo secco.

Tagliare le mele a fettine sottilissime, cuocerle con il burro e lo zucchero. Nel frattempo mettere le uvette a mollo nel vin santo addizionato con acqua (metà e metà).

Aggiungere alle mele le uvette con tutto il liquido dove sono state ad ammorbidire e amalgamare il tutto molto bene.

Foderare uno stampo da budino con i savoiardi imbevuti di un liquore a piacere (Grand Marnier, Marsala o Rhum, allungati con una uguale quantità di acqua). Nell'interno porre a strati savoiardi imbevuti e composto di mele fino a riempire tutto lo stampo. Tenere in frigo per almeno 12 ore.

A parte fare una crema pasticcera con il rosso d'uovo, un bicchiere di latte, 1 cucchiaio di zucchero, un cucchiaio raso di farina e la scorza di un limone.

Al momento di portare in tavola rovesciare lo sformato su un piatto o vassoio rotondo, versarci sopra la crema e decorare con fiocchetti di panna montata (non indispensabili). Per facilitare l'uscita del dolce dallo stampo foderarlo preventivamente con carta di alluminio.

Questo dolce può essere preparato anche in coppette individuali, ma tale preparazione presenta qualche difficoltà al momento di foderare lo stampino con i savoiardi in quanto questi occupano gran parte dello spazio; per evitare simile difficoltà bisogna tagliare in due i savoiardi nel senso della loro lunghezza.

Berlingozzo (per 8 persone)

400 grammi di farina; 250 grammi di zucchero; 2 uova intere (tre, se sono piccole); 50 grammi di burro; una bustina di lievito; sale.

Mescolare in una terrina o sulla tavola la farina con lo zucchero, aggiungere le uova intere, un pizzico di sale, il burro fuso a bagno maria, il lievito sciolto in un dito di latte leggermente tiepido; lavorare con una forchetta o, se abbastanza consistente, con le

this. Butter a baking tin 32/36 cms in diameter, or else line it with Domopak ovenproof paper, cut to the right size. Arrange the dough inside the tin so that it forms a ring. If you have a ring-shaped baking tin, so much the better. Prick the surface of the dough all over using scissors to make V-shapes and sprinkle with castor sugar.

Bake in a pre-heated oven at 180° C for 40-45 minutes. Let it cool a little, then put it on to a ring-shaped dish and serve it lukewarm for breakfast or for a snack. It will keep fresh for several days.

This used to be a traditional household sweet when we were small and still living in our little mountain village. I can remember it, just freshly turned out on my Aunt Palmira's kitchen table, and how wonderfully appetising it smelt. Just as though it were yesterday, in my mind's eye I can see her, as if she were still alive, smiling and satisfied as she proudly carried her sweet-smelling doughnut ring to the table to our great joy. For her it never turned out badly, failed to rise or got burnt, as has sometimes happened to me. It is a simple doughnut ring, but it can be quite mean.

Grandma's special pie (for 8 people)

For the short pastry: *300 grams flour; 150 grams sugar; 150 grams butter; 2 eggs (using only the yolk of one of them); 2 tablespoonfuls of water; grated rind of 1 lemon; 1/4 packet of baking powder (1 teaspoon).*

For the confectioner's cream: *6 egg yolks; 6 tablespoons sugar; 3 level tablespoons sieved flour; 1 (packet) vanilla flavouring; lemon rind; 1 litre hot milk.*

For the tart: *100 grams pine nuts or shelled almonds; 1 egg (to brush over); 1 hinged baking tin, 30 cm. in diameter.*

Beat the eggs (one whole and one yolk) in a bowl together with the sugar, lemon rind, pinch of salt, water, butter (previously melted in a bain-marie and then cooled), the sieved flour and baking powder. Mix the whole thing together very quickly, making a ball of dough which is put in the fridge to rest for half an hour. To prepare the cream, mix together the egg yolks, sugar, vanilla and grated lemon peel. Add the flour and when well absorbed, add the hot milk, stirring. Cook in a bain-marie, stirring continuously, until it starts to thicken. There is no danger of it curdling because of the flour.

138

mani. Preparare una teglia 32/36 centimetri di diametro imburrata o coperta con l'apposita carta da forno Domopak, adagiarci la pasta ad anello (se la teglia è di quelle con il buco centrale ancora meglio) tagliuzzare con le forbici la superficie della ciambella e cospargerla di zucchero semolato.

Cuocere in forno preriscaldato a 180° per 40/45 minuti. Lasciare leggermente intiepidire, poi metterlo su un vassoio da ciambelle e servirlo per colazione o per merenda anche leggermente tiepido. Si mantiene fresco per diversi giorni.

Questo era il dolce tradizionale di casa, quando eravamo piccoli e vivevamo ancora nel nostro paesino sulla montagna pistoiese; lo ricordo appena sfornato, profumato ed invitante, sul tavolo di cucina della mia zia Palmira. Come se non fossero passati tanti anni ne sento ancora il profumo, addirittura rivedo la zia, come fosse viva; la rivedo soddisfatta e sorridente portare a tavola la sua fragrante ciambella. Non c'era una volta che le venisse male, bruciata o non lievitata, come invece capita talvolta a me. È una ciambella semplice, ma abbastanza dispettosa!

Torta della nonna (per 8 persone)

per la pasta frolla: *300 grammi di farina; 150 grammi di zucchero; 150 grammi di burro; 1 uovo intero e 1 rosso; 2 cucchiai di acqua; la scorza grattugiata di 1 limone; 1/4 di bustina di lievito.*

per la crema pasticcera: *6 rossi d'uovo; 6 cucchiai di zucchero; 3 cucchiai di farina setacciata; 1 vaniglina; scorza di limone grattugiato; 1 litro di latte caldo.*

per la torta: *100 grammi di pinoli o granella di mandorle; 1 uovo per spennellare; 1 teglia a cerniera di cent. 30 di diametro.*

Sbattere le uova in una terrina con lo zucchero, la scorza del limone, un pizzico di sale, l'acqua, il burro fuso a bagno maria e poi raffreddato, la farina setacciata, il lievito, mescolare tutto molto velocemente e farne una pallina da mettere in frigo a riposare per mezz'ora. Preparare la crema lavorando bene tuorli, zucchero e vaniglina, scorza di limone; aggiungere la farina e, quando è bene assorbita, aggiungere il latte caldo; cuocere a bagno maria girando sempre finché comincia a rapprendersi. Non c'è il pericolo che «im-

When the two preceding items are ready prepared, butter the baking tin and roll out a thin circle of pastry big enough to overlap the diameter of the tin by 3 cms. Lay it down on the base of the tin and fill up with confectioner's cream. Fold back the edges, brushing with beaten egg, and place another round of pastry on top, rolled out to the same diameter as that of the tin. Press down so that the two edges are well joined together (having been brushed underneath with egg yolk). Make little holes in the top with a toothpick, sprinkle 100 g. of pine kernels or almonds over the surface, (brush with beaten egg first) and cook in the oven for 30-40 minutes at 180° C.

A small suggestion: steep the peel of a whole lemon for 2 or 3 hours in the milk which is to be used for the cream. It will give the milk, and consequently the cream a lovely flavour.

Bomboloni (for 10/12 people)

300 grams peeled potatoes; 350-400 grams flour; 1 whole egg and 1 yolk; nut sized piece of butter; 3-4 tablespoons sugar; 1 lemon; 25 grams brewer's yeast.

Cut the potatoes into small pieces and either steam them, or if they are boiled, take them out of the water whilst they are still firm and have not absorbed any water. Put the butter and grated lemon rind into a bowl with the hot sieved potatoes. Add the separately beaten egg and egg yolk, the sugar and the flour. Finally, add the yeast dissolved in barely lukewarm milk. Mix everything well together, cover the bowl and put it in a warm place, away from draughts, but not in the oven.

After an hour the dough will have doubled in size. On the table prepare some cloths, folded double, because the bomboloni must stay in the warm, covered up, until ready to fry, and will continue to rise. When the dough is divided up, the above amounts are sufficient for 20-30 bomboloni 6 cms. in diameter, using a glass to cut then out.

Take them out from under the cloth one at a time and deep fry them in cornseed oil, in small quantities. Drain on absorbant kitchen paper and sprinkle with a little sugar.

N.B. If they are made when the weather is very hot, they can be put without the cloth, in a cool place. This slows down the rising process a little.

pazzisca» perché c'è la farina.

Con i due ingredienti sopra indicati pronti, imburrare una teglia a cerniera, fare un disco sottile di pasta frolla più largo 3 cent. del diametro della teglia, adagiarlo sul fondo e riempirlo di crema pasticcera, ripiegare il bordo, spennellarlo con uovo sbattuto e appoggiarci sopra un altro disco di pasta frolla dello stesso diametro della teglia, premere tutto intorno perché si attacchi bene al bordo sottostante appositamente spennellato con l'uovo, bucherellare la superficie con uno stecchino, mettere sopra un etto di pinoli o granella di mandorle dopo aver spennellato tutta la superficie con l'uovo sbattuto. Cuocere per 30/40 minuti a 180°.

Piccolo suggerimento: lasciar macerare per 2 o 3 ore nel latte che verrà usato per la crema, una scorza intera di limone; darà al latte, e di conseguenza a tutta la crema, un gradevole profumo.

Bomboloni (per 10/12 persone)

300 grammi di patate sbucciate; 350/400 grammi di farina; 3/4 cucchiai di zucchero; 25 grammi di lievito di birra; 1 limone; 1 noce di burro; 1 uovo intero ed 1 rosso.

Tagliare a tocchetti le patate e farle cuocere possibilmente a vapore, oppure toglierle dal fuoco quando sono ancora ben compatte e non hanno assorbito acqua. In una zuppiera mettere la noce di burro, la scorza grattugiata del limone, le patate calde passate al passapatate, aggiungere l'uovo intero ed il rosso sbattuti a parte, lo zucchero e la farina. Per ultimo unire il lievito sciolto in latte appena tiepido, amalgamare tutto, coprire e mettere la zuppiera in luogo caldo lontano dalle correnti (non dentro il forno).

Dopo un'ora l'impasto è raddoppiato, si distende e se ne ricavano, tagliandoli con un bicchiere, circa 30 dischi del diametro di 6 cm. Preparare sul tavolo dei teli messi a doppio perché i bomboloni debbono continuare a stare coperti ed al caldo e continuare a lievitare finché non si friggono.

Prendendoli da sotto il telo uno per volta, si friggono in piccole quantità in una teglia alta con olio di semi.

Si asciugano sulla carta assorbente e si cospargono di zucchero.

N.B. Se vengono preparati quando è molto caldo, per ritardare un poco la lievitazione, si tengono scoperti fuori dal telo in posto più fresco.

Orange Baba (for 8 people)

4 eggs; 9 level tablespoons of flour; 50 grams butter at room temperature; 7 tablespoons of sugar; 3-4 oranges; 15 grams of baking powder.

Mix the egg yolks and sugar together until light and creamy. Add the butter, a small piece at a time and mix in well. Then add the grated rind of the 3 oranges and 5 tablespoons of sieved flour. When this has been well absorbed, add 2 very stiffly beaten egg whites, another 4 tablespoons of flour, the other two stiffly beaten egg whites, and the baking powder. Fold in gently but thoroughly. Butter and flour a ring-shaped mould and cook the mixture in this in a hot oven at 200° C. Use a toothpick to test if it is done. If the toothpick comes out completely dry, then the dessert has cooked enough. Nevertheless, do not open the oven until you see that the mixture is starting to turn colour (after about 30 minutes).

Prepare a syrup with the juice of the three oranges and three tablespoons of water and 3 tablespoonfuls of sugar. Boil it up to thicken well, add 1 glassful of Grand Marnier or orange liqueur.

When the dessert and the syrup are ready, turn the baba out on to a round dish and start to soak it, little by little, with the syrup. Pour it over the top a little at a time and do not add any more until the first amount has been completely absorbed. It could be a matter of hours until all the syrup has been used in this way, but we do not need to stand over it all this while. Once the soaking process is finished, the dessert can be decorated with cream, or even better, with a fruit salad consisting of fruit cut up finely and flavoured with orange juice and some drops of the liqueur used for the syrup. The fruit is placed in the centre of the ring.

If it should be necessary to prepare this sweet in advance, it is as well to note that, with the obvious exception of the decorations which are always done at the last moment, the baba keeps perfectly well in the freezer. You just need to take it out two or three hours before serving it at the table.

The two following recipes for cheescake tart and lemon pie have been adopted into Italian and Tuscan kitchens. They are an agreeable change from the usual fruit pies and the lemon gives them an extra freshness and fragrance.

Babà alle arance (per 8 persone)

4 uova; 9 cucchiai di farina; 50 grammi di burro a temperatura ambiente; 7 cucchiai di zucchero; 3 o 4 arance; 1 bustina di lievito.

Lavorare i rossi delle uova con lo zucchero finché non si ottenga una crema spumosa e chiarissima. Aggiungere il burro a pezzetti e lavorare bene; poi la scorza grattugiata delle tre arance e 5 cucchiai di farina setacciata; quando il tutto sarà ben amalgamato, aggiungere due chiare montate a neve ferma, ancora 4 cucchiai di farina setacciata, le altre due chiare montate a neve ferma ed il lievito. Lavorare dolcemente per amalgamare bene. Imburrare e infarinare uno stampo con il buco e mettervi il composto, indi cuocere in forno caldo a 200°. Controllare la cottura con uno stecchino: quando uscirà completamente asciutto, il dolce sarà cotto. Non aprire, tuttavia, il forno finché non si vede che comincia a scurire leggermente (30 minuti circa).
Preparare uno sciroppo con il succo delle tre arance, tre cucchiai di acqua, tre cucchiai di zucchero; far bollire per addensare bene.
Quando dolce e sciroppo sono pronti, sformare il babà su un vassoio tondo e cominciare ad imbeverlo piano piano con lo sciroppo. Versarci sopra piccole dosi e non aggiungere altro sciroppo finché il precedente non sia stato perfettamente assorbito. Questa operazione può prendere molte ore, ma non richiede la nostra continua presenza. Ad operazione terminata lo si può arricchire con crema o, meglio, con una macedonia di frutta, tagliata a piccoli tocchi e condita con succo di arancia, da introdurre nel buco.
Nel caso fosse necessario preparare questo dolce in anticipo, è bene ricordare che, senza ovviamente le guarnizioni che si faranno sempre all'ultimo momento, il babà si mantiene perfettamente in freezer. Basterà toglierlo poi due o tre ore prima di portarlo in tavola. Allo sciroppo si può aggiungere, volendo, un bicchierino di Gran Marnier o altro liquore all'arancia.

Adottati dalla cucina italiana ed anche toscana sono i due dolci di cui di seguito trascrivo la ricetta: la torta al formaggio e la crostata di limone. Sono una simpatica variante delle abituali crostate di frutta con un pregio in più per quella di limone: la freschezza ed il profumo.

Cheescake tart (for 8 people)

For the short pastry: *200 grams flour; 100 grams sugar; 100 grams butter; 1 whole egg and 1 yolk.*

For the filling: *three 200 gram packets of Philadelphia cheese; 220 grams sugar; 200 grams cream; 2 packets vanilla flavouring; 2 heaped tablespoons grated lemon rind; 2 whole eggs and 2 yolks; 2 level tablespoons flour. A hinged baking tin, 28 cms. in diameter.*

Whilst the pastry is resting, mix together all the other ingredients. You can also use a mixer for this. Butter and lightly flour the baking tin and line the base with pastry. Do not roll it out too thickly. Put the mixture on top of the pastry, levelling it out with a wooden spatula. Put it in a hot oven and bake at 250° C. for 15 minutes, then turn the heat down to 120° C. and let it cook in the closed oven for about an hour. When it is cold take it out of the tin and leave it in the fridge for several hours before serving. Dust with a thin layer of icing sugar.

Note: to make sugar for dusting over the cake, you can also simply put castor sugar into the food processor.

Lemon pie (for 8 people)

For the short pastry: *200 grams flour; 100 grams butter; 70 grams sugar; 2 egg yolks; rind of 1 lemon; salt.*

For the filling: *150 grams castor sugar; 100 grams butter; 50 grams icing sugar; 50 grams almonds; 5 eggs; 2 lemons; butter and flour for the baking tin.*

Prepare normal short crust pastry. Wrap it up in a napkin and let it rest in the fridge for at least an hour.
Butter and flour a baking tin approx. 28 cms. in diameter. Separately, break the whole eggs into a bowl and grate over this the rinds of two lemons. Add the castor sugar and the juice of half a lemon. Mix all this together very rapidly (but do not let the eggs become thick). Melt the butter and let it cool. Add it to the eggs and then add the juice of the remaining one and a half lemons. Clean the almonds with a

Torta al formaggio (per 8 persone)

per la pasta frolla: *200 grammi di farina; 100 grammi di zucchero; 100 grammi di burro; 1 uovo intero ed un rosso.*

per la farcia: *3 confezioni di «Philadelphia» da 200 grammi; 220 grammi di zucchero; 200 grammi di panna; 2 bustine di vaniglina; 2 cucchiai colmi di scorza di limone grattugiata; 2 uova intere e due rossi; 2 cucchiai rasi di farina; una teglia da dolci apribile di 28 cent. di diametro.*

Mentre la pasta frolla riposa (vedere crostata alla marmellata), lavorare tutti gli ingredienti della farcia, anche nel frullatore. Imburrare la teglia, infarinare leggermente e stendere sul fondo uno strato non molto spesso di pasta frolla, metterci sopra il composto livellandolo bene con una spatola di legno; infornare con forno caldo a 250° per 15 minuti, poi abbassare a 120° e lasciare cuocere nel forno chiuso per circa un'ora.
Quando si sarà raffreddato, toglierlo dalla tortiera e lasciarlo in frigorifero diverse ore prima di servirlo. Spolverarlo di zucchero a velo.
N.B. Per ottenere in casa lo zucchero a velo basta passare al frullatore lo zucchero semolato.

Crostata al limone (per 8 persone):

per la pasta frolla: *200 grammi di farina; 100 grammi di burro; 70 grammi di zucchero; 2 rossi d'uovo; scorza di 1 limone; sale.*

per la crema: *150 grammi di zucchero semolato; 100 grammi di burro; 50 grammi di zucchero a velo; 50 grammi di mandorle; 5 uova; burro e farina per la tortiera; 2 limoni.*

Preparare una normale pasta frolla per crostate seguendo la ricetta precedentemente indicata, avvolgerla in una salvietta e lasciarla riposare in frigorifero per almeno un'ora.
Imburrare ed infarinare una tortiera di circa 28 centimetri di diametro. In una ciotola a parte rompere le uova intere, grattugiarci la scorza dei due limoni, unire lo zucchero semolato e il succo di mezzo limone, mescolando il tutto rapidamente (le uova non debbono montare). Fare fondere il burro e lasciarlo raffreddare,

cloth and cut them into slivers without peeling them. Line the baking tin with the pastry, taken from the fridge, being careful to line the sides as well. Sprinkle the pastry with the chopped almonds and pour over this the prepared egg mixture. Sieve half of the icing sugar over the top. Put the pie into a pre-heated oven and bake it for about 25 minutes at 190/200° C. Take it out of the oven and allow to cool competely. Put in on a cake dish and sprinkle with the remaining icing sugar.

Yoghurt tart (for 8 people)

1 whole-milk yoghurt, 125 grams; 2 measures of sugar (using the yoghurt beaker as a measure); 3 whole eggs; 3 measures of flour; 1 measure of cornseed oil; 15 grams of baking powder; 2 packets of vanilla flavouring; 2 tablespoons of cognac; grated zest of one lemon.

Mix well together the eggs, yoghurt and sugar, then add the flour, oil, vanilla, baking powder, cognac and grated lemon rind, and mix lightly. Butter a baking tin and dust it with flour. Put in the mixture and bake for 40-45 minutes at 160°C. without opening the oven door.

Florentine «Schiacciata» (for 8 people)

2 whole eggs; 7 tablespoons sugar; 10 level tablespoons flour; 4 tablespoons olive oil; 7 tablespoons milk; 1 orange; scant 15 grams of baking powder.

There are a thousand and one recipes for this traditional Florentine sweet. Here is mine too.

Work together the eggs and sugar, add the oil, milk, grated rind of the orange, the strained orange juice and flour, and mix again. Then add the baking powder and mix it in well.
Butter a wide and shallow baking tin, put the mixture into it and bake for 20-25 minutes at 200° C. Sprinkle with a very thin layer of sugar.

aggiungerlo alle uova e poi unire il succo del restante limone e mezzo. Pulire le mandorle con un panno e tagliarle a listerelle senza spellarle. Distendere nella tortiera la pasta frolla tolta dal frigorifero, avendo cura di rivestirne anche i bordi, cospargerla con le mandorle tritate e, sopra, versare il composto già preparato; spolverizzare con metà dello zucchero a velo passato attraverso un setaccino e mettere la crostata in forno già caldo a 190/200° per circa 25/30 minuti. Toglierla dal fuoco e lasciarla completamente raffreddare. Passarla su un piatto da dolci e spolverizzarla con il restante zucchero a velo.

Torta con lo yogurt (per 8 persone)

1 yogurt intero da 125 grammi; 2 misurini di zucchero (usando per misurino il contenitore dello yogurt); 3 uova intere; 3 misurini di farina; 1 misurino di olio di semi; 1 bustina di lievito da dolci; 2 bustine di vaniglina; 2 cucchiai di cognac; la scorza grattugiata di 1 limone.

Lavorare le uova intere, lo yogurt, lo zucchero, poi aggiungere la farina, l'olio di semi, la vaniglina, il cognac, la scorza grattugiata del limone, il lievito e lavorare pochissimo. Imburrare una teglia ed infarinarla, versarci il composto, cuocere a 160° per 40/45 minuti senza aprire il forno.

Schiacciata fiorentina (per 8 persone)

2 uova intere; 7 cucchiai di zucchero; 10 cucchiai di farina; 4 cucchiai di olio d'oliva; 7 cucchiai di latte; 1 arancia; 1 bustina scarsa di lievito.

Ci sono mille ricette di questo dolce tradizionale di Firenze, ecco la mia:

Lavorare bene uova e zucchero, aggiungere olio, latte, buccia d'arancia grattugiata, il succo d'arancia colato, la farina e lavorare ancora, poi il lievito e amalgamare bene.
Imburrare una teglia larga e bassa e cuocere per 20/25 minuti a 200°, spolverizzare di zucchero a velo.

147

Rice fritters (for 8 people)

200 grams originario rice; 3/4 litre milk; 200 grams sugar; 50 grams butter; 2 eggs; 50 grams flour; 100 grams sultanas; 2 lemons; scant 15 grams baking powder; salt and oil for frying.

This is S. Giuseppe's classical sweet. Rice fritters vary in the way they are prepared according to local custom. Here in Tuscany they are honest, straightforward fritters.

Boil the rice for several minutes in lightly salted water, drain and put back into boiling milk. Add the butter and 50 g. of sugar, and the grated lemon rind. Continue cooking until all the milk has been absorbed. Let it rest, even overnight. When completely cold, add the egg yolks, a little bit of rum, the flour, the sultanas (soaked and then dried), the baking powder and the stiffly-beaten egg whites. Fry in boiling olive oil, small spoonfuls at a time, and sprinkle generously with sugar.

Sweet tortelli cooked in the oven (for 6/8 people)

When it is difficult to keep the children amused, get them involved in helping to prepare their own little snack. These little biscuits filled with jam or marmalade, which everyone loves, are among the easiest and quickest to make.

300 grams flour; 100 grams sugar; 1 or 2 eggs; 1/2 packet of baking powder; 2 tablespoons water; a small pot of chosen jam or marmalade.

On a flat surface make a little mound of flour with a hole in the middle. Inside this put the egg(s), sugar, baking powder and enough water to obtain a fairly soft dough. Roll it out with the rolling pin and cut it into rectangles 6x8 cms, as for ordinary ravioli. Put some jam or marmalade on them as a filling, and close them up like tortellis, being careful to seal them well so that the jam cannot escape. They can also be made round or half-moon shaped. You will need to cut them out using an upturned glass and then, when you have put the jam on, either fold them in two and seal the edges, or else put another circle of dough on top. For the little cooks, it is all part of the fun to vary the models. Bake them until golden brown in a preheated oven at 180° C.

Frittelle di riso (per 8 persone)

200 grammi di riso originario; 3/4 di litro di latte; 200 grammi di zucchero; 50 grammi di burro; 2 uova; 50 grammi di farina; 100 grammi di uvetta; 2 limoni; 1 bustina scarsa di lievito; sale e olio per friggere.

Il classico dolce di S. Giuseppe, le frittelle di riso, si trasforma in preparazioni diverse secondo le abitudini locali. Qui in Toscana, semplici, oneste frittelle.

Cuocere per qualche minuto il riso nell'acqua leggermente salata, scolarlo e rimetterlo nel latte bollente, aggiungere il burro e 50 grammi di zucchero, la scorza dei limoni e lasciar cuocere finché tutto il latte sia stato assorbito. Lasciar riposare anche l'intera notte. Quando è ben freddo aggiungere i rossi delle uova, un poco di rhum, la farina, le uvette ammollate e asciugate, il lievito e le chiare montate a neve. Friggere in olio bollente prendendo piccole quantità con un cucchiaio e cospargere generosamente di zucchero.

Tortelli dolci al forno (per 6/8 persone)

Quando è difficile tenere i bambini occupati coinvolgeteli nella preparazione della loro merenda, facendovi aiutare.
La preparazione di questi biscottoni ripieni di marmellata, che sono molto graditi a tutti, è una delle più facili e veloci.

300 grammi di farina; 100 grammi di zucchero; 1 uovo o 2; 1/2 bustina di lievito; 2 cucchiai d'acqua; 1 vasetto di marmellata a piacere.

Mettere la farina a fontana sulla spianatoia, aggiungere le uova (o l'uovo), lo zucchero, il lievito, l'acqua necessaria ad ottenere una pasta non tanto dura. Spianarla con il matterello e tagliarla come per fare dei comuni ravioli, a rettangoli di centimetri 6x8; riempirli di marmellata e chiuderli facendo attenzione che siano ben saldati per evitare che la marmellata fuoriesca. Si possono fare anche rotondi o a mezzaluna: bisogna tagliarli con un bicchiere, poi, una volta riempiti di marmellata, ripiegarli su se stessi oppure mettere un dischetto sull'altro. Nella variazione del «modello» consiste parte del divertimento dei «piccoli» cuochi. Cuocere in forno preriscaldato a 180° finché appaiono dorati.

Le Marmellate

Jams and Marmalades

Jams and Marmalades

I am not going to hold forth at length on the subject of jams and marmalades, but I do have quite a lot to say about my bitter orange marmalade. I realise that it is rather complicated, but the result is well worth a bit of patience. I got the recipe from a friend in London and I am writing it out as she gave it to me. I could not think of a simpler way of explaining such an elaborate recipe.

Bitter orange marmalade:

8 large bitter oranges; 2 lemons; 2 and 1/2 litres of water; sugar (corresponding to the final weight of the marmalade).

1. Make a note of the weight of the pan which will be used for the final cooking of the marmalade. Let us call this Pan A.
2. Using a very sharp knife, cut off the outside peel of the oranges and lemons, being very careful not to include the white pith which would spoil the effect and cloud the transparency of the marmalade. Put this outside peel into Pan A, together with the strained orange and lemon juice from the squeezed fruit. Measure the juice.
3. All the rest of the peel, the seeds and the pulp go into Pan B. Cover with water and put on to boil for about half an hour.
4. Put the boiling mixture from Pan B into a sieve. The liquid obtained plus the measured juice will be part of the 2 and 1/2 litres of water needed, and will be topped up if it has not reached this quantity (i.e., 2 and 1/2 litres), when adding it to the contents of Pan A.
5. Boil everything together until reduced by half. Weigh, and

152

Le Marmellate

Non mi dilungherò con le marmellate, ma farò un discorso lungo per la mia marmellata di arance amare. Riconosco che è piuttosto complicata ma il suo risultato vale bene un poco di pazienza. Ho avuto la ricetta da una amica londinese e, come lei me l'ha mandata, io la trascrivo: non potrei immaginare istruzioni più chiare per una lavorazione così elaborata.

Marmellata di arance amare

8 grosse arance amare; 2 limoni; 2 litri e 1/2 di acqua; zucchero corrispondente al peso finale della marmellata.

1. Prendere nota del peso della pentola nella quale verrà fatta la cottura finale della marmellata e chiamiamola pentola A.
2. Tagliare con un coltello affilatissimo la scorza delle arance e dei limoni avendo cura di non portare via la parte bianca della buccia che sciuperebbe l'effetto e la trasparenza della marmellata. Mettere queste buccette nella pentola A insieme con il succo colato delle arance e dei limoni che avrete spremuto e misurato.
3. Tutto quanto resta, bucce, semi, polpa, deve essere messo a bollire coperto di acqua nella pentola B e cuocere per circa mezz'ora.
4. Passare al setaccio il miscuglio bollente della pentola B. Il liquido ottenuto, più il succo delle arance e dei limoni nella pentola A, fanno parte della quantità di acqua indicata fra gli ingredienti.
5. Riunire tutto nella pentola A, aggiungere eventualmente l'acqua

153

subtract the weight of the empty pan. What remains will give the quantity of sugar needed. Boil the mixture with the sugar for 10 minutes after which test for setting. Put a very little amount on a saucer and put this in the fridge. As soon as it is cold, push it a little with your finger. If it wrinkles on top, then it is ready. Allow the pan contents to cool for 5 or 6 minutes, stir, and then fill into prewarmed jars, covering them immediately.

Wanda Paola's melon jam

2 large melons; sugar.

It is not difficult to specify amounts. The method is very easy and the jam extremely good. (Who says that daughter-in-laws don't know how to do anything?)
Take out the pulp of the melons, discarding seeds, fibre and peel. Cut the pulp into slices and for each kilogram add 800 g. of sugar, putting the sliced melon pulp and sugar in layers in a bowl, leaving it overnight.
On the following day, cook on a low heat, skimming continually, until the jam is done. To test if it is ready, put a small quantity on a saucer. On tipping this, the jam should stay firm but not be solid. Put it into warm jars, using small ones for preference, because once opened it does not keep very long.
Use the same method for water-melon jam.

Fig jam

1100 grams figs; 300 grams sugar; 50 grams almonds.

Use ripe figs which are still firm. Remove the stalks and put the figs into a stainless steel pan. Put the sugar and almonds on top, cover and let rest for 24 hours. The day after, put the pan on the stove at

necessaria a completare la dose indicata e bollire finché non sarà ridotto alla metà. Pesare e togliere il peso della pentola. La differenza corrisponde alla quantità di zucchero necessaria. Bollire con lo zucchero per 10 minuti dopo di che si farà una prova per verificare se la marmellata è al punto giusto di cottura. Se ne mette una piccola quantità in un piattino in frigo e, appena fredda, si sfiora con un dito. Se si increspa è pronta. Si lascia intiepidire per 5 o 6 minuti poi si mette nei vasetti preriscaldati che si chiudono subito.

Marmellata di melone di Wanda Paola

2 grossi meloni; zucchero.

Le dosi non sono difficili da determinare: il procedimento è facilissimo e la marmellata ottima (chi dice che le nuore non sanno far nulla?)
Ricavare la polpa di melone libera da semi, filamenti, bucce, tagliarla a fettine e, per ogni chilogrammo di polpa, unire 800 grammi di zucchero, disponendo polpa a fettine e zucchero a strati in una zuppiera dove verrà lasciata tutta una notte.
Il giorno seguente cuocere a fuoco basso, schiumando continuamente finché la marmellata non sarà pronta. Per verificare se la marmellata è pronta se ne mette una piccola quantità sopra un piattino e inclinandolo deve restare ferma, ma non solida.
Invasare in vasi caldi piuttosto piccoli perché, una volta aperta, non si mantiene a lungo.
Lo stesso procedimento si adotta per la marmellata di cocomero.

Marmellata di fichi

1100 grammi di fichi; 300 grammi di zucchero; 50 grammi di mandorle.

Prendere dei fichi maturi ma ancora ben sodi, liberarli dal picciolo, porli in una pentola di acciaio inossidabile, mettervi sopra lo zucchero e le mandorle e lasciarli riposarli per 24 ore coperti.

maximum heat and then, when the contents starts to boil, turn down the heat and continue cooking until the jam turns a chestnut colour. Be very careful because there is a tendency for the bottom of the pan to catch. The end result should be rather liquid, on cooling down it is inclined to thicken.

Fill it while still hot into little pots which have been preheated and sterilised for 20-25 minutes in boiling water. As not much sugar is used, this jam does not keep well. Once opened, the jam pot has to be kept in the fridge. In any case, I advise you to use small containers.

Figs in caramel

By doubling the amount of sugar, it is possible to obtain figs which are nearly caramelised. In this case you will have to try to avoid breaking up the figs when stirring them. Moreover, it would be as well to choose small figs which are not completely ripe and therefore very firm.

Figs in rum

1 kg. figs; 6 tablespoons sugar; almonds; rum.

Use fairly unripe figs. Place these in boiling water and scald for a few minutes. Take them out and let them drain. Put an almond inside each fig. Put the sugar in a pan with two tablespoons of water and boil to a caramel. Place the figs in this and let them cook for a few hours on the lowest possible heat. Put into jars and cover with rum.

156

Il giorno dopo mettere la pentola sul fuoco, alto da principio; poi, quando comincia a bollire, diminuire la fiamma e lasciar cuocere finché la marmellata sarà divenuta di colore marroncino. Fare molta attenzione perché tende ad attaccarsi al fondo della pentola. Deve risultare piuttosto liquida, freddandosi tenderà a ispessirsi. Metterla calda nei barattoli preriscaldati e sterilizzarli bollendoli in acqua per 20/25 minuti. Essendoci poco zucchero questa marmellata non si conserva. Una volta aperto, il barattolo deve essere conservato in frigorifero. Consiglio, in ogni modo, di usare barattoli piccoli.

Fichi caramellati.

Raddoppiando la dose dello zucchero si possono ottenere dei fichi pressoché caramellati. In questo caso bisogna cercare che i fichi, girandoli, non si rompano. Inoltre sarà bene scegliere fichi piccoli non ancora perfettamente maturi, quindi molto sodi.

Fichi sotto rhum

1 kg. di fichi; 6 cucchiai di zucchero; mandorle; rhum.

Scottare per pochi minuti in acqua già bollente dei fichi poco maturi. Toglierli e lasciarli scolare. Infilare una mandorla in ogni fico. Caramellare lo zucchero con due cucchiai di acqua, disporci i fichi e lasciarli cuocere per un paio di ore a fuoco bassissimo. Mettere in barattoli e coprire di rhum.

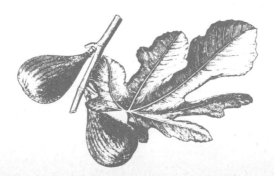

157

Le Castagne

Chestnuts

Chestnuts

I should like to devote a special chapter to chestnuts. For me, chestnuts are synonymous with childhood, serenity and innocence, reminding me of the mountains where I was born and the simple folk in whose company I grew up. The snow of winter, the summer people, and the heavy scent of the lime trees. The grapes had a flavour never experienced again, there was ice cream between two wafers, brought to us on a little hand cart which came from who knows where. We used to make clothes from chestnut leaves. A row of leaves around one's waist and more leaves descending to make a little skirt. The little hat had a plume, always made from frayed-out leaves. The woods rang with laughter. There was a large chestnut tree with a hollow trunk which we used as a shelter. In November, when we were shut indoors because of the cold, seated beside the hearth, the lovely smell of chestnuts roasting on the fire would fill the house. They have never been so good since then.

In those far-off days, in such small villages one could certainly not find the same things today. Desserts were for Sunday. A sweet dessert was always a treat, even a simple dessert such as «chestnut cake». It was also delightful to keep my mother company, and be beside her whilst she formed warm and fragrant waffles one by one. We folded them in two, put a slice of cheese or ricotta in the middle, and counted how many we were eating: three for me, four for me! Sweet polenta was delicious, but nothing could compare with the polenta of the festival because our mother did not want us to eat this. It could be obtained on the market square and came out of a large cauldron, served on a piece of yellow cardboard. It was more or less cooked, or rather not cooked, and certainly did not conform to the most elementary rules of hygiene. But how good it was – forbidden

Le castagne

Voglio dedicare un capitolo speciale alle castagne. Per me, le castagne sono sinonimo di fanciullezza, di serenità e innocenza. Mi ricordano le montagne dove sono nata, la gente semplice fra la quale sono cresciuta; la neve d'inverno, la gente d'estate, ed il profumo intenso dei tigli; l'uva aveva un sapore mai più ritrovato, il gelato fra due cialde arrivava dentro un carrettino chissà da dove. Con le foglie dei castagni ci facevamo i vestiti. Tante foglie in fila intorno alla vita e tante foglie che scendevano giù a formare un gonnellino. Il cappellino aveva le piume, fatte sempre con le foglie sfilate. Risento le risate nel bosco intorno al grande castagno, vuoto nel tronco, che ci serviva da rifugio. A novembre, chiusi in casa vicini al camino per il freddo, le castagne arrostivano sul fuoco e riempivano di profumo la casa. Non sono mai più state così buone. In quei giorni lontani, nel paese così piccolo, non si trovavano certo le stesse cose di oggi. I dolci erano per la domenica. Un dolce faceva sempre festa. Anche un dolce semplice come il «castagnaccio». Era festa anche ritrovarsi vicino alla mamma mentre sformava, uno ad uno caldi e profumati, i "necci". Li piegavamo in due, mettevamo dentro una fettina di formaggio o di ricotta e contavamo quanti ne mangiavamo: io tre, io quattro!
La polenta dolce era così gustosa, ma niente comparava quella della "sagra della polenta" perché la mamma non voleva ne mangiassimo. Veniva distribuita nella piazza, uscita da un grande paiolo, su un pezzo di carta gialla, cotta alla meglio, o meglio non cotta e, di sicuro, lontana dai crismi della più elementare forma d'igiene. Ma quella era a noi proibita, perciò più buona, e mangiata di nascosto. È molto dolce ricordare quei momenti e risentirsi in bocca quei sapori semplici. Oh come vorrei poter riuscire, trascrivendo le

and eaten in secret. It is very pleasant to recall such moments and in retrospect to taste again those simple flavours. By writing out the recipes for these dishes, I also hope to recapture, in the present, what they have meant to me. A few years later, the war took us back to those mountains. Whilst we often had problems over food, once again good chestnut flour appeared on our tables. It was nearly a celebration, transforming a humble meal and giving us cause for hope.

I like simple things and can say that I like everything which has been prepared using chestnut flour, perhaps because chestnuts have such happy associations for me, encompassing a large part of my life in the countryside where I grew up and where I also have my roots. Naturally, as with everything else which has deteriorated in the course of time, good chestnut flour cannot be found any more. You will have to look for it in the region where chestnuts are still being cultivated, in the place I knew. The chestnuts are carefully dried, freed from most of their second skin which is bitter, and after this the flour obtained from them is white and «sweet». We children used to put it, well pressed down, into our mother's thimble, and bake it in the hot cinders. The small quantities of flour I manage to find, through the bush telegraph, are as good as ever. With this flour I still prepare a nutritious range of specialities. I hope to succeed in describing them clearly.

Chestnut cake (for 8 people)

500 grams chestnut flour; 100 grams pine nuts and 100 grams sultanas; 50 grams olive oil; pinch of salt; rosemary; optional: walnuts.

This is the KING of sweet desserts, made with chestnut flour. I have never had a criticism, I have never seen a morsel of chestnut cake go back into the kitchen when I have offered it to my guests. And I resort to it often, specially with foreigners because I know it is always a welcome surprise.

Put the well-sieved flour in a large earthenware pot adding water and blending it well in so as to obtain a smooth batter, which has body but is fairly liquid. Add the salt, pine nuts, sultanas, rosemary

ricette di quei piatti, a ricondurre al presente anche quanto hanno rappresentato.

Quando qualche anno dopo la guerra ci riportò nuovamente su quelle montagne (spesso complicando il problema degli approvvigionamenti), la buona farina dolce tornò sulle nostre tavole, quasi festosamente, facendo di un povero pasto la ragione per alimentare la speranza.

Io amo le cose semplici e posso, dunque, dire di amare tutto quanto è preparato con la farina di castagne, forse perché questo frutto per un lungo periodo ha fatto parte del mio ambiente; è, come ho detto, parte delle mie radici.

Naturalmente, nella "civilissima" città di oggi la farina buona non si trova più. Bisogna cercarla dove ancora è vivo il culto dei frutti genuini e della campagna, lassù dove l'ho conosciuta.

Le castagne vengono seccate con cura, liberate da una grande parte della seconda pellicina che è amara e, dopo questo, la farina che se ne ottiene è bianca e «dolce». Noi bambini la mettevamo ben compressa, nel ditale della mamma e la biscottavamo fra la cenere! Quella che riesco a trovare, in piccole quantità (e con la raccomandazione: «dì che ti manda...»), è ancora così.

Con questa farina preparo ancora una nutrita serie di specialità. Spero di riuscire a descriverle chiaramente.

Castagnaccio (per 8 persone)

500 grammi di farina di castagne; 100 grammi di pinoli; 100 grammi di uvette; 50 grammi di olio d'oliva; 1 pizzico di sale; rosmarino; gherigli di noci (facoltativi).

Questo è il «Re» dei dolci fatti con la farina di castagne, non ha mai ricevuto una critica, e non ho mai veduto tornare in cucina un pezzettino di castagnaccio quando l'ho proposto ai miei ospiti. Io vi ricorro spesso, specialmente con gli stranieri, perché so che è una sorpresa sempre gradita.

Mettere in una terrina capace la farina ben setacciata aggiungendo acqua e mescolando fino ad ottenere una pastella omogenea compatta, ma piuttosto liquida. Unire sale, pinoli, uvette, foglie di

and the walnuts if liked, and a little oil. Mix it all well together then pour it into a well-oiled baking tin. It must not come up to more than 2 cms.

Sprinkle with oil and put a few spikes of rosemary on the top. Bake for about half an hour in a hot oven, being careful not to let it burn. The oven can be set at 160/180° C.

Certain ingredients such as the sultanas and walnuts can be left out without impairing the flavour, or one ingredient can be substituted for the other. A good idea for giving a different appearance would be to put pine nuts on top of the cake, and in this case they should be added ten minutes after putting it in the oven, so that they do not sink to the bottom of the mixture.

Chestnut waffles

We were making little waffles for the first course, all of us there beside the oven, waiting for the first one, then, one after the other they came out of the moulds, so hot you hardly could hold them in your hands. It was a big event, enjoyed quite naturally as things always are during childhood. To make waffles you need to have the right irons. These are like flat disks, made of iron, with two long handles which make it possible to hold them over the heat without getting burnt. The inside surface is very smooth, so that the contents cook through evenly and are easier to separate from their irons. It is very difficult to find these utensils in the shops, at least in town. On our mountain, several artisans still make them. But it is worth while having them made specially. When you actually come to preparing the waffles, mix a smooth dough with chestnut flour, water and a pinch of salt. (I recommend very little salt). The irons are greased with a ham rind, or failing this, with a potato passed through olive oil. When the irons are well heated, put a good spoonful of dough on one of them and cover it with the other iron which is also hot and has been greased. Press down so that the dough spreads well over the whole surface. (The diameter of the iron has to be about 20 cms.) Let the waffles cook on both sides. They are ready when they are dry and have turned a chestnut colour. They are served very hot with ricotta or fresh sheep's cheese.

A variation would be to have a slice of ham inside the waffles. This

rosmarino e, se gradite, le noci; aggiungere un poco di olio, amalgamare bene; poi versare in una tortiera ben unta di olio, (lo spessore non deve superare i due centimetri). Irrorare di olio e mettere sulla superficie ancora qualche foglietta di rosmarino. Cuocere per circa 30/45 minuti in forno caldo, facendo attenzione che non bruci. Il calore del forno può essere regolato sui 160/180°. Si possono eliminare, senza danneggiare il sapore, componenti come le uvette e le noci, o mettere le une piuttosto che le altre; una variante simpatica per la presentazione può derivare dal mettere i pinoli sulla superficie, ed in questo caso, spargerli dopo i primi dieci minuti di forno perché non affondino nella pastella.

Necci

Facevamo i necci come primo piatto, tutti lì vicino ai fornelli in attesa del primo, poi, via via degli altri, che uscivano così caldi che quasi non si tenevano in mano. Era una festa grande, genuina come tutte le cose che si fanno da bambini.
Per fare i «necci» occorrono delle «forme». Sono dei dischi di ferro con due lunghi manici che consentono di tenere e girare i dischi sul fuoco senza bruciarsi. All'interno sono molto levigati per consentire una cottura uniforme ed un facile distacco. È molto difficile trovarli in commercio, almeno in città. Sulla nostra montagna qualche artigiano li fabbrica ancora. E vale la pena farseli fare! Al momento della preparazione dei necci, si fa una pastella morbida con la farina di castagne, acqua e una presa di sale (mi raccomando pochissimo). Si ungono le forme, quando sono già ben calde, con una cotenna di prosciutto o, in mancanza, si usa mezza patata passata nell'olio d'oliva. Si mette sopra una delle forme una bella cucchiaiata di pastella, si copre con l'altra forma calda e unta, si preme perché la pastella si sparga bene per tutta la superficie (il diametro delle forme deve essere di circa 20 centimetri). Si lasciano cuocere da ambo le parti.
Sono cotti quando sono marroncini e bene asciutti. Si servono caldissimi, accompagnati da ricotta o formaggio pecorino fresco. Una variante consiste nel mettere all'interno dei necci una fettina di prosciutto e vi si procede al momento di mettere la pastella sulla

is done by putting the slice of ham between two spoonfuls of dough just at the moment of cooking. Obviously the quantity in each spoon has to be less than in the preceding recipe so as to fit in the iron. We used to call them «incarnate» cakes, and they were considered a luxury.

Pancakes

The usual smooth batter made with chestnut flour, water, a little salt, sultanas previously softened in lukewarm water, grated orange or lemon peel according to taste and sometimes availability. To be fried, a spoonful at a time in hot olive oil. As they become slightly greasy, it is a good idea to drain them on absorbent kitchen paper before serving them hot.

Sweet polenta

Put a litre of lightly salted water on to boil (if possible add two spoonfuls of olive oil). When the water has come to the boil, tip into it, all at once, 500 g. of chestnut flour, and let this cook for about 30 minutes without being stirred. Take the pan off the heat and drain off all the cooking water which must be put on one side. Away from the stove, mix the polenta very energetically, using a wooden spoon so as to obtain a smooth soft dough, adding a little of the cooking water. Put it back on the stove and take it off the heat again when it starts to «puff». Tip it out on the platter and serve hot with fresh cheese or grilled sausage. As children, we used to cover the slices of polenta in our little bowls with cold milk.

An interesting note: If either polenta or chestnut cakes are left over, they can be successfully frozen and I assure you they do not lose any of their flavour

Farinata (porridge)

This preparation had a strange name and I never managed to

forma calda. Introdurre il prosciutto fra due cucchiaiate di pastella riducendo, ovviamente, la quantità di ciascuna cucchiaiata rispetto alla precedente preparazione. Li chiamavamo «necci incarnati» ed erano considerati un lusso.

Frittelle

Solita pastella morbida con la farina di castagne, l'acqua, poco sale, uvette prima ammorbidite in acqua tiepida, scorza grattugiata di arancio o limone secondo il proprio gusto, e, talvolta, secondo la disponibilità. Prendendole a cucchiaiate si friggono nell'olio di oliva caldo. Vengono leggermente unte, è bene passarle sopra una carta assorbente prima di servirle, calde.

Polenta dolce

Portare ad ebollizione un litro di acqua leggermente salata (si possono aggiungere due cucchiai di olio di oliva); quando l'acqua bolle, lasciar cadere 500 grammi di farina di castagne tutta insieme e farla cuocere per circa 30 minuti senza girarla.
Levare la pentola dal fuoco e scolare tutta l'acqua di cottura che deve essere tenuta da parte. Lavorare, fuori dal fuoco, la polenta con un mestolo, molto energicamente fino ad ottenere una pasta morbida e liscia; aggiungendo un poco dell'acqua di cottura, rimetterla sul fuoco e toglierla quando comincia a «soffiare». Rovesciarla sul tagliere e servirla calda con formaggio fresco, oppure con salsicce arrosto. Da bambini, tagliata a fette nelle piccole scodelle, la coprivamo di latte freddo.
N.B. Sia la polenta che i necci eventualmente avanzati, possono essere riusati friggendoli e, vi assicuro, che nulla perdono del loro gusto.

Farinata

Questa preparazione aveva uno strano nome e non sono mai

discover the origin of the world «manufatoli». As with the preceding polenta, we poured 350 g of sieved flour into hot water mixed with an equal amount of milk. Once cooked (20 minutes), we put it into bowls and covered it with fresh milk. In this way it cooled down a bit and was immediately ready to be devoured.

Chestnuts are a separate study, but I should like to introduce just one dish which not many people know. It is a much more delicate version of cooked chestnuts which are prepared using dried nuts. This time we use those light brown chestnuts which we at home called «lucide». They are roasted over hot embers in a suitable pan, with holes in it and a long handle. Then they are peeled, also removing the furry layer as far as possible, and put on to cook once again in salted water with a bay leaf, for at least an hour. We called this dish *«mondine»*. The thought of it makes the memory of my mother even more vivid, she did so love it.

Having finished my «Gavinanesi recipes», it seems to me as though I am saying farewell to my little village, but it is not really like that, because everything I have learnt in the course of my long pilgrimage, first in Rome and latterly in Tuscany, takes me back to the first years of my life.

riuscita a scoprirne l'origine: «manufattoli». In un litro di acqua mescolata con latte, leggermente salata, gettare a pioggia 350 gr. di farina setacciata e, girando continuamente, portare a cottura (20 minuti). Una volta cotta, noi la ponevamo nelle scodelle e la coprivamo di latte fresco. In questo modo si raffreddava un poco ed era subito pronta per essere divorata.

Le castagne sono un discorso a parte, ma desidero presentare solo un piatto che pochi conoscono. È una variante molto più delicata delle castagne cotte, che si prepara usando le castagne secche.
Si prendono delle castagne, che, da noi, si chiamano «lucide» essendo prive della pelurietta propria dei «marroni»; si arrostiscono sulla brace nell'apposita padella con i fori, si sbucciano cercando di eliminare il più possibile le pellicine e si pongono nuovamente a cuocere in acqua salata, con foglie di alloro, per almeno un'ora. Sono buone calde, ma lo sono di più fredde. Noi le chiamiamo *«mondine»*. Pensando a questo piatto, mi balza davanti agli occhi la cara immagine di mia mamma tanto ne era ghiotta.
Ho finito di dire delle mie "ricette di Gavinana" e quasi mi sembra di congedarmi dal mio piccolo paese. Ma non è proprio così, perché tutto quello che nel corso del mio lungo peregrinare prima a Roma, poi nuovamente in Toscana, ho imparato, mi riporta ai primi anni della vita, trascorsi lassù.

Consigli

Useful Information

Useful information

Several of the recipes described mention clarified butter, caramelising tins for sweets and making a white sauce (béchamel). These can be prepared as follows:

Clarified butter

Melt the butter in a bain-maire, then pour it into a transparent dish and allow to cool. At this stage the «casein» (milk protein content) will sink to the bottom. Use a spoon to skim off the yellow fat – i.e. clarified butter – from the top, taking care not to include any of the sediment underneath. Store in the fridge.

To caramelise a tin

Put the stated amount of sugar into the tin. Add a few drops of water or lemon juice. Place on a medium heat and cook until it turns brown, stirring all the time to avoid burning. Bear in mind that the sugar will have a tendency to intensify in colour for a short while even after you have taken it off the heat. Now stir the caramelised sugar so that it is evenly distributed over the whole surface of the tin and allow to cool before using it for sweets and cakes etc.

Consigli

Alcune delle ricette descritte contengono riferimenti alla preparazione del burro chiarificato, alla caramellatura degli stampi da dolci, alla preparazione della besciamella. Qui di seguito ne trascrivo il modo di esecuzione.

Burro chiarificato

Fondere il burro a bagnomaria, travasarlo in un recipiente trasparente e lasciarlo raffreddare. A questo punto la caseina, di colore bianco, si deposita sul fondo. Recuperare con un cucchiaio, facendo attenzione a non raccogliere anche la caseina, tutta la parte superiore giallina e conservarla in frigo.

Caramellatura degli stampi

Mettere nello stampo da caramellare la quantità indicata di zucchero, aggiungere poche gocce di acqua o di limone, porre sulla fiamma media e lasciar brunire girando continuamente lo stampo per evitare che lo zucchero bruci, tenendo conto che tende a scurire anche quanto si toglie dal fuoco.
A questo punto girare lo stampo in modo da distribuire lo zucchero caramellato su tutta la superficie e lasciare raffreddare prima di usarlo per il dolce.

White sauce (Béchamel)

25 grams butter; 25 grams flour; 1/2 litre milk, salt; nutmeg.

Heat the butter in a pan and immediately it has melted, add the flour. Blend well together and cook for a few seconds. Then add the milk, a little at a time, stirring continually to avoid lumps forming, and cook for 20 minutes. Season with salt and a very little nutmeg.
I have heard that to avoid lumps forming, great cooks add the milk already hot, away from the heat, stirring to blend it in well, and then put the sauce back on the stove to finish cooking. I have always prepared my white sauces according to the method indicated in the first paragraph above. By adding the milk a very little at a time, I am able to adjust the consistency of the sauce according to requirement.

Mushroom fritters

Clean the mushrooms very well with the aid of a little brush and cut them into fairly thick slices. Put out two dishes, one containing some light beer and the other containing flour. Dip the mushroom slices quickly into the beer and then the flour and deep fry them in very hot cornseed oil. Add salt when ready.
The resulting fritters will be light and crisp. The beer helps the mushrooms to dry without absorbing the cooking oil.

Equivalent Measures

Sugar

1 tablespoon	= 12 g.
1/4 cup	= 50 g.
1/3 cup	= 67 g.
1/2 cup	= 100 g.
1 cup	= 200 g.

Butter

1 tablespoon	= 14 g.
1 teaspoon	= 5 g.
1/4 cup	= 56 g.
1/3 cup	= 75 g.
1/2 cup	= 113 g.
1 cup	= 225 g.

Solids

1 pound	= 454 g.
2.2 pounds	= 1 Kilo (1000 g.)

Sifted flour

1 tablespoon	= 8 g.
1/4 cup	= 30 g.
1/3 cup	= 40 g.
1/2 cup	= 60 g.
1 cup	= 120 g.

Liquids

1-1/8 cups	= 1/4 litre
2-1/4 cups	= 1/2 litre
4-1/2 cups	= 1 litre
1/2 cup	= 1 dl.
1 cup	= 2 dl.

Besciamella

25 grammi di burro; 25 grammi di farina; 1/2 litro di latte; sale; noce moscata.

Mettere il burro in una casseruola e, appena fuso, unire la farina, lasciar amalgamare bene e cuocere per alcuni secondi; aggiungere il latte poco a poco sempre girando per evitare la formazione dei grumi, e cuocere per una ventina di minuti. Salare e aggiungere un nonnulla di noce moscata.
Mi è stato detto che i grandi cuochi, onde evitare i grumi, aggiungono il latte già caldo fuori dal fuoco, girando per amalgamare bene e, quindi, ripongono la salsa sul fuoco per terminare la cottura. Io ho sempre preparato le mie besciamelle come ho indicato sopra anche perché l'aggiungere il latte piano piano mi consente di regolare la consistenza della salsa secondo l'esigenza.

Frittura dei funghi

Pulire bene i funghi aiutandosi con una piccola spazzola e tagliarli a fettine piuttosto spesse. Preparare in un piatto fondo della birra chiara ed in un altro piatto della farina. Far scaldare bene dell'olio di semi in una padella profonda e mettervi le fettine di fungo dopo averle rapidamente passate nella birra e nella farina.
Si otterrà una frittura leggera e croccante. La birra contribuisce a tenere i funghi asciutti, senza assorbire l'olio di cottura.

Appendice
(a cura di Luciana Terenzi)

Gli odori e le erbe

Herbs and Fragrances

Herbs and fragrances

This chapter needed some research to supply a few notes on the properties, characteristics, origins and uses of the various herbs. It was necessary to ask an expert, even when dealing with herbs which are widely used all the time. I know them from seeing them every day and using them in the kitchen. However, I am not familiar with other aspects.

Luciana has always been very interested in this subject, also in discovering therapeutic properties. You could say she has made a study of it. So I have given her the task of editing a separate chapter drawing to our attention the benefits which derive from their use and also – why not – how they can help to improve our appearance and our health. Above all, our health which benefits especially from natural products.

As you read the notes dealing with all those herbs which are indispensable in the kitchen, you will be in a better position to decide where it is advisable to add them for flavour and where it would be better not to neglect them because of their nutritive and curative qualities. It might not seem very appetising to swallow a piece of garlic hidden among the fried potatoes, but think how good it is for your blood circulation and for the heart!

I would have liked to have given a lot more space to his subject, but as with everything in this book, I have not gone into great depth. The aim has been to encourage a comparatively modest interest in cooking in general. I have tried to keep it light hearted, imaginative and amusing, to fit in with the underlying spirit of my programme.

Gli odori e le erbe

Questo argomento ha richiesto una piccola ricerca che fornisse un certo numero di notizie atte ad illustrare le proprietà, le caratteristiche, la provenienza delle erbe comunemente usate in cucina. Era necessario un esperto, anche se si tratta di erbe il cui uso è quotidiano ed universale. Io le conosco per la loro utilizzazione in cucina e per l'abitudine di vederle ovunque. Non conosco altro al loro riguardo.

Luciana si è sempre molto interessata di scoprire anche le proprietà terapeutiche; le ha, per così dire, «studiate». Ed a lei ho lasciato il compito di curare un capitolo a parte, che portasse alla nostra conoscenza i benefici che si possono ricavare dal loro uso e anche, perché no, per migliorare il nostro aspetto e la nostra salute. Soprattuto la salute, che trae aiuti notevoli da tutto quanto è naturale.

Leggendo gli appunti dedicati a ciascuna di queste erbe indispensabili in cucina, si potrà meglio decidere, là dove sono consigliate per il sapore, di cercare di non trascurarle per il valore nutritivo e curativo. Inghiottire un aglio nascosto fra le patatine fritte potrebbe sembrare disgustoso, ma quanto bene fa alla circolazione del sangue, al cuore!

Avrei desiderato dedicare maggior spazio all'argomento, ma tutto in questo lavoro è appena accennato, tratteggiato, con lo scopo di sollecitare un interesse relativamente modesto per la cucina in genere, non certo con lo scopo di approfondire nel senso proprio della parola. Tutto con leggerezza, quindi, divertimento e fantasia, nello spirito generale del mio programma.

Garlic *(Allium sativum)*

Perennial herbaceous plant originating in Central Asia, cultivated throughout Europe.

Known for its culinary and medicinal properties since pre-Christian times: mention has been made of it in Sanscrit texts and on Egyptian and Roman tombs.

In the kitchen it is irreplaceable – it is used in most recipes, especially for the preparation of sauces, various kinds of meat, salads and dressings.

The hypogeum is used, i.e. the underground bulbous part, consisting of eight to ten little bulbs which carry within them the reproductive buds. This bud can be removed to lighten the flavour of the garlic.

Principal attributes: Vitamins A, B1, B2, and C, an essential oil, various metals, antibacterial substances, of which the main one is sulphuret of Allyl and nicotine acid.

One notable property of this herb is its use in combatting high blood pressure and as such it is of real help for all illnesses of the circulation and the heart.

In the kitchen it is a «small king». Except where there is a real aversion, it is welcome at most tables. It is a «hearty» friend.

It is impossible to make a list of its many uses, but we will note here the recipe for *soaked bread with tomatoes.*

This is a modest dish, very typically Tuscan, made in peasant kitchens to use up stale bread.

It is advisable to make this in Summer when ripe tomatoes and fresh basil are available:

Soaked bread with tomatoes

250 g. stale bread (approx), 1 and a quarter litres boiling stock (can be made with meat extract or stock cube), 600 g. very ripe fresh tomatoes, 1/2 an onion, small bunch of basil. Two cloves garlic, olive oil, salt and pepper.

Cut the bread up into small pieces, put this in a large bowl and pour the boiling stock over it. Let it rest until completely soaked. Put five tablespoonfuls of oil in a pan and lightly fry the finely chopped onion with the whole garlic cloves. Add the peeled chopped

Aglio *(Allium sativum)*

Pianta erbacea perenne originaria dell'Asia Centrale coltivata in tutta Europa.

Conosciuta per le sue proprietà culinarie e medicinali fino da tempi antichissimi: se ne trova traccia su testi sanscriti, nelle tombe egiziane e romane.

In cucina è insostituibile, viene usato per la preparazione della maggior parte delle ricette, soprattutto nei sughi e con le varie carni, insalate e contorni.

Si usa la parte ipogea, cioè il bulbo sotterraneo, composto di 8-10 bulbilli che portano all'interno la gemma per la riproduzione.

Questa gemma può essere tolta per alleggerire il sapore del frutto.

Principi attivi: vitamine A, B1, e B2, C; un olio essenziale, polisolfuri, sostanze antibatteriche la principale delle quali è l'allicina e l'acido nicotico.

Fra le proprietà è da notare quella di essere un importante ipotensivo; ed in tale senso, un valido aiuto per tutte le malattie coronariche e circolatorie.

In cucina è una specie di «reuccio». Salvo nei casi di aperta avversione, è gradito dalla maggior parte dei commensali.

È l'amico del «cuore».

Inutile elencarne le utilizzazioni, ma riporteremo la ricetta della *Pappa col pomodoro,* toscanissimo piatto povero della cucina dei nostri contadini che, così, riutilizzavano il pane raffermo; consigliabile in estate per la possibilità di avere pomodori maturi e basilico fresco.

Pappa col pomodoro

250 grammi circa di pane raffermo, 1 litro e un quarto di brodo bollente (anche fatto con estratto di carne o dado); 600 grammi di pomodori freschi molto maturi; mezza cipolla; 1 mazzetto di basilico; 2 spicchi d'aglio; olio d'oliva; sale e pepe.

Mettere in una zuppiera il pane spezzettato, versarvi sopra il brodo bollente e lasciare che il pane si inzuppi perfettamente. In una casseruola soffriggere, in 5 cucchiai di olio, la cipolla tritata

tomatoes and let them absorb the flavour for a few minutes, then put in the small stalks of basil, plus the soaked bread and continue cooking, stirring until all the bread has disintegrated and it has absorbed the flavour. This will take about half an hour. When it has finished cooking, take out the basil stalks. Serve hot or cold with raw olive oil. Salt to taste, and pepper if liked.

finemente con gli spicchi d'aglio, unire i pomodori spellati e tagliati a pezzi e fare insaporire qualche minuto; unire i rametti del basilico, il pane ammollato, cuocere mescolando finché tutto il pane sia disfatto e ben insaporito. Sarà necessaria circa mezz'ora. A fine cottura togliere i rametti del basilico. Servire calda o fredda irrorata di olio di oliva crudo, aggiustando di sale e, se gradito, di pepe.

Bay Laurel (*Laurus nobilis*)

Plant originating in Southern Asia, spread over the whole of the Mediterranean basin. In Greece it was consecrated to the God Apollo.

It is an evergreen shrub growing to a height of six to seven metres, with leathery leaves, dark green on the upper surface, oval in shape. The whole plant gives off its own characteristc scent. The flowers are both male and female and the fruit is a blackish drupe containing a lot of fat.

Principal attributes: essential oils, tannic acid, glycerine of laurel. Its properties are contained in the berries, flowers and leaves. It has antiseptic and stimulating properties and is a mild insecticide.

In the kitchen it is indispensable for marinades and is included in many recipes for game. The flavour of soup is improved by the addition of bay leaves to the water in which the meat has been boiled. In Tuscany it is used in sauces and in pies to enhance the flavour. It is irreplaceable in the cooking water for chestnuts.

It is easy to preserve. Pick fresh clean leaves, leave them to dry in the shade and afterwards put them in a small jar or a little bag.

However, it is not difficult to find fresh leaves whenever you need them owing to the widespread use of bay laurel as a decorative plant. All the gardens in Tuscany are adorned with it.

Alloro *(Laurus nobilis)*

Pianta originaria dell'Asia Meridionale, diffusa in tutto il bacino mediterraneo. In Grecia era consacrata al Dio Apollo.
È un alberello sempreverde, alto fino a 6-7 metri, con foglie coriacee, verde scuro nella pagina superiore di forma ovato-lanceolata. Tutta la pianta emette un odore caratteristico. Porta fiori maschili e femminili (monoide), il frutto è una drupa nerastra che contiene molti grassi.
Principi attivi: olii essenziali, acido tannico, glicerile di alloro. Le proprietà antisettiche, stimolanti e leggermente insetticide sono contenute nelle bacche, nei fiori e nelle foglie.
La foglia dell'alloro è indispensabile nelle marinate, in molte ricette di caccia. Migliora il sapore del brodo se aggiunta all'acqua del bollito. Si usa nei ragù toscani e nei crostini per esaltarne il gusto. Insostituibile nell'acqua di cottura delle castagne.
È facilmente conservabile se si ha l'avvertenza di raccogliere foglie fresche e pulite, lasciandole essiccare all'ombra per poi riporle in un barattolino o in un piccolo sacchetto.
Non è comunque difficile da reperire fresco ogni qualvolta ce ne sia bisogno per il largo uso che viene fatto dell'alloro come pianta decorativa. Tutti i giardini toscani ne sono adornati.

Anise (*Pimpinella anisum*)

Plant originating in Egypt and the Eastern Mediterranean, cultivated and used by the populations of Greece, Egypt, and Arabia. It is an annual herbaceous plant, growing to a height of 50-60 cms., with a pubescent stem (i.e. covered with a soft down), simple, kidney-shaped leaves at the bottom, curved with deep indentations at the top. The stalk bears a flowertop in umbrella shape.

Small white flowers appear in June. The fruit matures in August/September and is incorrectly, called seed. It is used to flavour sweets, liqueurs and for the preparation of infusions to aid digestion. Principal attributes: essential oil (dill oil is 85%), extracts of woody fruits, substances to convert starch into sugar, proteins, sugar.

Properties: digestive aid, against flatulence, aromatic, stimulant, to encourage milk production, antiseptic.

It is used in infusions consisting of three pinches per cup of boiling water. The cup is covered for 15 minutes, and then the infusion is drunk hot after meals as an aid to digestion or to help relieve stomach pains.

In case of asthma, the seeds can be «smoked» in a pipe.

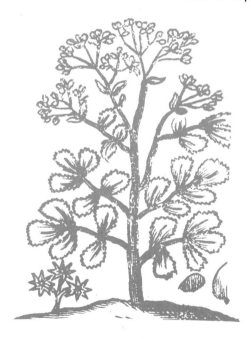

Anice (*Pimpinella anisum*)

Pianta originaria dell'Egitto e del Mediterraneo orientale, coltivata ed usata dalle popolazioni greche, egiziane e arabe.
È una pianta erbacea annuale alta 50-60 cent., con fusto pubescente con foglie semplici, reniformi in basso, trilobate e molto frastagliate in alto. Il fusto porta infiorescenze a ombrella composta; in giugno compaiono piccoli fiori bianchi; i frutti maturano ad agosto-settembre e sono chiamati impropriamente semi (sono acheni) e vengono impiegati per aromatizzare bevande, dolci, liquori e per preparare infusi ad azione digestiva.
Principi attivi: olio essenziale (anetolo è l'85%), pinene, sostanze amilacee, proteine, zuccheri.
Proprietà: digestivo, carminativo, eccitante, stimolante, aromatico galattologo ed antisettico.
Si usa in infuso preparato con tre pizzichi in ogni tazza di acqua bollente tenuto coperto per 15 minuti e bevuto caldo dopo i pasti come digestivo e per i dolori addominali.
In caso di asma i semi possono venir «fumati» nella pipa.

Lesser Calamint *(Calamintha Nepeta)*

Perennial plant with underground runners, having a long stem – up to 70 cms, horizontal at the bottom, vertical at the top, quadrangular sections, downy, with soft hairs.
The leaves are oval-shaped, complete at the base, blunt, barely notched apex, lightly furry on the upper surface, much more so on the underneath. The flowers are joined together in groups, hanging on one stalk, rose-coloured with white flecks. A common plant in grassy, sunny, well-drained stretches of country.
Used to flavour mushroom dishes and green vegetables.

Courgettes cooked as for mushrooms:

The usual courgettes, only just harvested, light-green, small and firm. Cut into tiny stick-shaped pieces. Put these into a pan with a few small ripe tomatoes, a minced garlic clove and a small bunch of washed calamint. Sprinkle with olive oil, cover, and cook for ten minutes, adding a little salt, and pepper if liked. Serve hot as an accompaniment to roast or boiled meat.

Nepitella *(Calamintha Nepeta)*

Pianta perenne a rizoma strisciante, con fusti lunghi fino a 70 centimetri, sdraiati alla base poi eretti nella parte superiore, a sezione quadrangolare, pelosi.
Le foglioline hanno forma ovale, intere alla base, apice ottuso appena dentato, leggermente pelose nella superficie superiore, molto più in quella inferiore. I fiori sono riuniti in gruppi portati da un peduncolo, di colore rosa con macchie bianche.
Pianta comune nei tratti erbosi assolati e ben drenati.
Usata per aromatizzare funghi e verdure.

Zucchini al funghetto

I soliti zucchini appena colti, sottili e sodi, verde chiaro, tagliati a bastoncino sottile. Metterli in un tegame con alcuni piccoli pomodori maturi, un aglio tritato e un mazzetto di nepitella lavata, irrorare di olio di oliva, cuocere coperto aggiungendo poco sale e, volendo un poco di pepe. Cuociono in dieci minuti. Servire caldi di contorno a carni arrostite o bollite.

Basil (*Ocimun basilicum*)

Basil is a rural plant originating in tropical Asia. It was imported into Europe in the sixteenth century where it has spread massively. It is an annual herbaceous plant, with an upright stem, light green oval leaves and has an unmistakable heavy scent. Used for flavouring various types of food. It has small white flowers, blooming in August. They are grouped in whorls at the axils of the leaves.

Among the many recognised attributes of this plant, essential oils are the most prevalent, camphor of basil, tannins and extracts of woody fruits, and, according to locality and variety, thymol, which is an organic chemical compound endowed with powerful disinfectant properties, antiseptic and against decay. It is a stimulant and has healing properties used in infusions or decoctions. As with all plants belonging to the labiate family, rich in essential oils, it loses its aroma if dried. For this reason, deep freezing is the ideal way of preserving it.

With regard to its curative function, an infusion to be drunk when hot, relieves stomach cramps. A small cup of basil infusion taken before going to bed acts as a tonic for the stomach. A persistent dry cough benefits from a small cup of infusion taken four or five times a day.

To prepare an infusion, the leaves and the flowery tips are used, a pinch for each cup of hot water. This herb is also used for beautifying purposes. Hair which has a tendency to fall out is washed in a mixture made by boiling three handfuls of basil leaves in a litre of water for 20 minutes. For a tonic bath, put a handful of basil and one of rosemary in a little gauze bag. Put the bag under very hot water coming out of the tap. Reduce the temperature of the water to 37° C. and stay in the bath for at least 10 minutes, massaging oneself with the bag containing the herbs.

In the kitchen, apart from its normal uses, above all in tomato sauces, on various salads, in all pasta or cold rice dishes, on tomatoes prepared in various ways, on dishes coming from Capri, «tomatoes, mozarella, basil and oil», it is a good idea to prepare a salad oil flavoured with basil: steep four shoots of washed and dried basil leaves in 1/4 litre extra virgin olive oil. The basil leaves must be torn into little pieces by hand. After eight days, filter the oil and

Basilico (*Ocimun basilicum*)

Il basilico è una pianta rustica originaria dell'Asia tropicale; importata in Europa nel secolo XVI, vi è stata diffusa in maniera massiccia. È una erbacea annuale, con fusto eretto, foglie verde chiaro, opposte, ovate, dal profumo intenso ed inconfondibile, utilizzate per aromatizzare vari tipi di vivande. I fiori, piccoli e bianchi, compaiono in agosto, sono riuniti in verticillastri all'ascella delle foglie.

Fra i principi attivi riconosciuti a questa pianta prevalgono gli olii essenziali, la canfora di basilico, tannini e pinene e, secondo il luogo di crescita e la varietà, il timolo, che è un composto chimico organico dotato di energiche proprietà disinfettanti, antisettiche ed antimuffa.

Ha proprietà stimolanti e curative usato in infusi o decotti. Come tutte le piante appartenenti alla famiglia delle labiate, ricche di olii essenziali, perde il suo aroma se viene essiccato, per cui la sua ideale conservazione è rappresentata dalla congelazione.

Per quanto riguarda la sua utilizzazione curativa, un infuso bevuto caldo attenua i crampi di stomaco. Una tazzina di infuso di basilico prima di coricarsi tonifica lo stomaco; la tosse persistente e secca trae beneficio dall'assunzione, quattro o cinque volte al giorno, di una tazzina di infuso.

Per preparare un infuso si usano le foglie e le sommità fiorite mettendone un pizzico per ciascuna tazza da tè di acqua calda. Utili anche per la bellezza: lavare capelli che tendono a cadere con un decotto preparato facendo bollire per 20 minuti tre pugni di foglie di basilico in un litro di acqua. Per un bagno tonificante preparare, in un sacchetto di garza, una manciata di basilico e una di rosmarino; mettere il sacchetto sotto il getto dell'acqua caldissima. Riportata la temperatura dell'acqua a circa 37° centigradi, immergersi per almeno 10 minuti massaggiandosi con il sacchettino pieno di erbe.

Per la cucina, al di fuori delle normali utilizzazioni, prima di tutte la pomarola, le varie insalate, tutte le preparazioni di pasta o riso fredde, i pomodori nelle varie forme, la «caprese», è consigliato un olio aromatizzato al basilico da usare per le insalate: in un quarto di olio di oliva extra vergine si lasciano macerare 4 pizzichi di foglie

it is ready for immediate use. It will keep well.

Liqueur with basil

100 basil leaves; 1 litre alcohol, 90°.

Steep these together for three days in a hermetically sealed jar. Prepare a syrup. Boil 1/2 litre water with 200 g. of sugar. Allow to cool and add to the alcohol and basil. Sieve, bottle, and wait for several weeks before using. Diluted with water, it makes a good digestive aid.

di basilico lavate ed asciugate, spezzettate con le mani, per otto giorni, dopo di che si filtra; è pronto per l'uso e si conserva a lungo.

Liquore al basilico

100 foglie di basilico; 1 litro di alcool a 90°

Lasciar macerare insieme in un vaso a chiusura ermetica per tre giorni.
Preparare uno sciroppo facendo bollire 1/2 litro di acqua con 200 grammi di zucchero. Lasciar raffreddare ed unirlo all'alcool dove sono state fatte macerare le foglie di basilico.
Passare, imbottigliare ed attendere qualche settimana prima di usarlo. Diluito in acqua calda è un buon digestivo.

Fennel *(Foeniculim Vulgare)*

This is an annual or biennial plant, cultivated for the fleshy part of its leaves which are massed one on top of the other to form a compact core. The seeds – preferably those from wild fennel – impart flavour to food, liqueurs and wines, or are used for herbal purposes.

A warm infusion of fennel aids digestion if taken after meals, and also combats distension of the stomach. The infusion is made by putting two pinches of fennel leaves and seeds, plus a pinch of aniseed, into a cupful of boiling water and allowing this to steep for 15 minutes.

To obtain a completely natural diuretic, boil two pinches of fennel plant and seeds in a litre of water for 15 minutes. Drink three cups of this a day. Using gauze compresses, the same concoction can be used to relieve tired smarting eyes.

After every meal, Madame de Sévigné used to drink a small glass of «fennel elixir» which is prepared as follows: put 15 g. of fennel seeds in a quarter of a litre of alcoholic liqueur. Let this steep for a week, then filter it and add a syrup made of 70 g. sugar in 50 g. water, boiled together so that the sugar is well dissolved. Let this syrup rest for 20 minutes, then mix it well with the fennel infusion. Bottle the elixir and allow it to mature for at least a month before using.

In the kitchen, fennel has various uses because it confers a special fragrance and flavour to food. Do not forget to add it to chestnuts before boiling them, and to specific roasts or grills. Slices of pig's liver would not turn out well without the addition of fennel. It is usually added to meat cooked on a spit, particularly if it is pork, and to game.

Chicken or rabbit with fennel

The following is a modern adaptation of an antique recipe for preparing rabbit, and it can be used indiscriminately for either chicken or rabbit.

Clean, draw and singe a chicken weighing approx. 1200 g. Mince:

194

Finocchio *(Foeniculum Vulgare)*

Si tratta di una pianta annuale o biennale coltivata per le foglie carnose che, addossate le une alle altre, formano un grumolo compatto. Per aromatizzare vivande, liquori, vini e per uso erboristico si usano i semi, preferibilmente quelli del finocchio selvatico.
Per facilitare la digestione e combattere i gonfiori di stomaco è utile bere dopo i pasti una tisana calda preparata mettendo a macerare per 15 minuti in acqua bollente (una tazza) due pizzichi di semi e foglie di finocchio con un pizzico di semi di anice.
Per ottenere un diuretico tutto naturale far bollire in un litro di acqua due pizzichi di pianta e semi di finocchio per 15 minuti. Berne tre tazzine al giorno.
Lo stesso decotto serve per dare sollievo agli occhi irritati e affaticati facendone degli impacchi con compresse di garza.
Madame de Sévigne, dopo ogni pasto usava bere un bicchierino di *«elisir fenouilette»* come tonico e digestivo. La preparazione di questo elisir al finocchio è la seguente: mettere 15 grammi di semi di finocchio in un quarto di litro di alcool da liquore. Lasciar macerare per una settimana, filtrare ed aggiungere uno sciroppo fatto con 70 grammi di zucchero in 50 grammi d'acqua bolliti fino a sciogliere bene lo zucchero e fatto poi riposare per 20 minuti.
Mescolare bene, imbottigliare e lasciar «invecchiare» per almeno un mese prima di usarlo.
In cucina il finocchio ha diverse utilizzazioni perché conferisce agli alimenti un sapore ed un profumo particolari. Non dimenticare di aggiungerlo alle castagne prima di lessarle ed a particolari arrosti, o grigliati: i fegatelli di maiale non riuscirebbero bene senza l'aggiunta del finocchio e di solito lo si aggiunge agli spiedini, soprattutto quando c'è carne di maiale, e alla cacciagione.

Pollo o Coniglio al finocchio

Quella che trascrivo riguarda la preparazione un po' modernizzata di una antica ricetta (può essere usata indifferentemente con pollo o coniglio).
Pulire, svuotare e fiammeggiare un pollo di circa 1200 grammi;

the chicken liver, 100 g. of bacon, the spiky leaves from a small sprig of rosemary, a bunch of wild fennel and a clove of garlic. Season with salt and pepper. Stuff the chicken with this mixture and sew it together.

Put five tablespoonfuls of olive oil in a pan, plus a small sprig of rosemary and as soon as this is hot, brown the chicken on all sides, then cover the pan and finish cooking on a low light. Cut the chicken into pieces and serve with its stuffing.

tritare 100 grammi di pancetta, il fegatino del pollo, le foglie di un rametto di rosmarino, un ciuffo di finocchio selvatico ed uno spicchio di aglio, salare e pepare e, con questo ripieno, riempire il pollo e cucirlo.

Mettere in una teglia 5 cucchiai di olio di oliva, un rametto di rosmarino e rosolare il pollo da tutte le parti, poi incoperchiare e terminare la cottura a fuoco basso. Servirlo tagliato a pezzi con il suo ripieno.

Sweet Marjoram *(Origanum Majorana)*

Small perennial plant, woody base, with many branches on the top part. Upright stems 20 - 60 cms. in height. Oval-shaped leaves, growing opposite each other from the same node. They are covered with a soft white down and have a strong aromatic smell. The flowers are small, white or rosy-coloured, appearing at the end of the stems. The fruit is made up of 4 achene. There are many varieties of marjoram. The one which we habitually use is origanum vulgaris, belonging to the same family.

Marjoram originated in the Middle East. It was considered by the Greeks and Romans to be propitious to happiness. Young wedded couples made themselves crowns of it.

In his treatises, the famous Dr. Dioscaride cites a marjoram ointment called «amaricinum», indicated as a strengthener for the nerves. Pliny recommended it for those who suffered from hiccups.

It thrives on dry, well-drained soil, in full sun.

Principal attributes: essential oil, which gives it its characteristic scent, bitterness, tannic acid, aromatic hydrocarbons.

In the kichen and at the herbalists, the flowery tips are used. They are harvested in summer and dried in the shade and are then kept in glass containers away from the light.

It is a tonic, but at the same time an effective sedative against stomach, cramps, neuralgia, migraine etc. To prepare an infusion, allow three small pinches of the flowers to steep for ten minutes in a covered cup of boiling water. Drink several cups of this a day, hot or tepid.

Its prevailing use in the kitchen is for flavouring omelettes, soups and meat.

Roast leg of lamb with marjoram

1 kg. leg of lamb; 80 grams raw ham; 1 bunch parsley; 2 cloves garlic; 1 small bunch marjoram; 2 sprigs rosemary; 50 grams olive oil; 1 glass dry white wine; salt; pepper.

Wash and dry the lamb, getting rid of the hardest skin. Using a small sharp knife make little incisions in the meat and lard it with the

Maggiorana *(Origanum Majorana)*

Piccola pianta perenne lignificata alla base, molto ramificata nella parte superiore con fusti eretti alti dai 20 ai 60 centimetri. Ha foglie opposte, ovali, picciolate coperte da una lanuggine bianca e forte odore aromatico. I fiori sono piccoli, bianchi o rosati, disposti a pannocchie terminali; i frutti sono formati da quattro acheni. Esistono numerose varietà di maggiorana; alla stessa famiglia appartiene *l'origanum vulgare* che usiamo abitualmente.

La maggiorana è originaria del Medio Oriente; presso i greci e fra i romani era considerata pianta propiziatoria di felicità; per i giovani sposi se ne intrecciavano corone.

Il famoso medico Dioscoride nei suoi trattati cita un unguento di maggiorana chiamato «amaricinum» indicato per rafforzare i nervi.

Plinio la raccomandava a coloro che soffrivano di aerofagia.

Vive in terreni asciutti e ben drenati, in pieno sole.

Principi attivi: olio essenziale, che dà il caratteristico odore, amari, acido tannico, terpene.

In cucina ed in erboristeria si usano le sommità fiorite, raccolte in estate e fatte essiccare all'ombra, conservate in vasi di vetro al riparo dalla luce.

È un tonico e, nello stesso tempo, un sedativo efficace negli spasmi addominali, nevralgie, emicranie ecc. Per preparare un infuso da bere durante la giornata, lasciare tre pizzichi di fiori per 10 minuti in una tazza di acqua bollente coperta. L'uso prevalente in cucina è per aromatizzare omelettes, minestroni e carni.

Coscio di agnello arrosto alla maggiorana

1 kg. di cosciotto di agnello; 80 grammi di prosciutto crudo; 1 ciuffo di prezzemolo; 2 spicchi di aglio; 1 ciuffetto di maggiorana; 2 rametti di rosmarino; 50 grammi di olio di oliva; 1 bicchiere di vino bianco secco; sale e pepe.

Lavare ed asciugare l'agnello eliminando la pelle più dura; con un coltellino affilato praticare delle incisioni e lardellare con il pro-

lightly browned ham, and with some of the herbs which will have been carefully chopped, also rubbing the outside of the meat with the minced herbs, salt and pepper. Brown the meat in a casserole with olive oil, turning it now and then. As soon as it is a little bit brown, add the wine and finish cooking it in a covered earthenware pot on a moderate heat, for 40 minutes. Add more wine if necessary.

sciutto leggermente rosolato con una parte degli odori tritati accuratamente. Con la rimanenza degli odori strofinare anche l'esterno del cosciotto, aggiungendo sale e pepe. Lasciar colorire la carne a fuoco vivo in una casseruola con l'olio d'oliva, rigirandola ogni tanto e appena rosolata bagnarla con il vino; finire la cottura a pentola coperta e a fuoco moderato per 40 minuti. Se necessario, bagnare ancora con il vino.

Wild marjoram *(Origanum vulgaris)*

Belongs to the majoram family, and its culinary use is nearly the same. Less well known than sweet marjoram, wild marjoram is a perennial herbaceous wild plant growing naturally in Italy. It is easily recognisable if you come across it on a country walk. It has a single upright stem, is low growing, with small lance-shaped leaves, pale green on the upper surface, ash-coloured on the underside. Reddish flowers, joined together in little clusters, heavily scented, blooming in July/August. The flowers can be gathered and are used to flavour fresh summer pastas, salads, and above all, pizzas. The flowers are dried in the shade and they keep well in little glass jars or small bags made of loosely-woven cloth.

Quick pizza

One does not always have to hand the necessary ingredients for a pizza, not even for an improvised snack. In this case here is a quick pizza which tastes just as good as a traditional one.
Take slices of packet bread and arrange them, one next to the other, in a baking tin which has been lightly greased with oil. Cover the bread with chopped fresh ripe tomatoes, and mozzarella in cubes. Salt lightly, sprinkle with oil and plenty of wild majoram. Put it in the oven at moderate heat for about 20 minutes. Serve hot.

Origano *(Origanum vulgare)*

Alla stessa famiglia a cui appartiene la maggiorana, appartiene l'origano e la sua utilizzazione in cucina è pressoché la stessa. Più conosciuto della maggiorana, l'origano, pianta erbacea perenne rustica, cresce spontaneo in Italia, è facilmente riconoscibile quando, durante le passeggiate in campagna, lo si incontra. Ha un unico stelo eretto, basso, piccole foglie lanceolate verde pallido sulla pagina superiore, cenere in quella inferiore. Fiori rossastri riuniti in mazzetti, molto profumati, sbocciano in luglio-agosto.
Si possono raccogliere i fiori, che vengono usati per aromatizzare le fresche paste dell'estate, le insalate e, soprattutto, la pizza; si fanno seccare all'ombra e si conservano a lungo in piccoli vasi di vetro o sacchetti di tessuto a trama rada.

Pizza veloce

Non sempre si hanno a portata di mano gli ingredienti necessari per preparare una pizza, magari per allestire una merenda improvvisata. In questo caso eccone una veloce, altrettanto gustosa di quella tradizionale.
Prendere delle fette di pane in cassetta ed adagiarle, una vicina all'altra, in una teglia capace leggermente unta di olio, coprire le fette con pomodori freschi, maturi, tagliati a pezzetti, mozzarella a dadi, salare leggermente, irrorare di olio e abbondante origano; infornare a calore moderato per circa 20 minuti. Servire calda.

Parsley *(Petroselinum hortense)*

Parsley is a biennial herbaceous plant, originating in the Mediterranean basin, growing naturally in Italy. It is a very ordinary plant, used to flavour and garnish food, and as a source of Vitamin C, for which reason its use should not be neglected. Rich in mineral salts (particularly iron and sulphur). There are numerous varieties of parsley in existence, but in Italy the most widespread is the common kind with flat leaves. There is a type with curly leaves which is more often used in Northern contries to garnish dishes, in spite of having less flavour.
Apart from its plentiful use in our kitchens and the advisability of using it as a constant everyday source of Vitamin C where necessary, parsley is used to make a certain number of sauces. The most well-known is «green sauce», as follows:
Remove the stalks, wash and dry a good handful of fresh parsley leaves. Mix these together with the grated rind of a lemon, one or two boned, de-salted anchovies, two hard-boiled egg yolks, a teaspoonful of breadcrumbs soaked in vinegar, salt, pepper and two tablespoons of white wine vinegar. Add as much olive oil as is needed to obtain a sauce with a smooth consistency.

A tasty preparation which requires the addition of a good quantity of parsley is

Stuffed tomatoes

4 round ripe tomatoes (possibly of equal size); 1 good bunch of parsley; 1 tablespoon of capers (in salt or vinegar); breadcrumbs, salt, oil; a few grams of butter.

Cut the tomatoes in half, take out the seeds and put them with the cut side underneath to drain out the juice.
Mince the parsley and the capers, adding the breadcrumbs, and make a paste of it with olive oil, seasoning it with a very little salt. Fill the tomatoes with this mixture, put them into a baking tin very lightly greased with oil and butter. Put a small flake of butter on each tomato half, and bake in a hot oven (200° C) for half an hour. They are also good cold.

Prezzemolo *(Petroselinum hortense)*

Il prezzemolo è una pianta erbacea biennale, originaria del bacino del Mediterraneo, spontanea in Italia. Comunissima, utilizzata per insaporire e guarnire le vivande, è fonte di vitamina C, per cui è buona abitudine non trascurarne l'utilizzazione. Ricca di sali minerali (ferro e zolfo particolarmente). Esistono numerose varietà di prezzemolo, ma in Italia il più diffuso è il tipo comune, a foglie lisce. La varietà a foglie arricciate viene usata in prevalenza nei paesi nordici per guarnire piatti, nonostante sia meno aromatica.

Oltre all'utilizzazione in cucina e all'apporto notevole di vitamina C che ne sollecita l'uso quotidiano, il buon prezzemolo è la base per la preparazione di un certo numero di salse, la più nota è la «*salsa verde*» di cui trascrivo la ricetta:

Eliminare i gambi, lavare e asciugare una bella manciata di foglie di prezzemolo fresco, frullarle con una scorzetta di limone grattugiata, una o due acciughe dissalate e diliscate, 2 rossi di uovo sodi, una cucchiaiata di pane grattugiato bagnato nell'aceto, sale, pepe e due cucchiai di aceto di vino bianco. Aggiungere olio di oliva quanto basta per ottenere una salsetta omogenea e consistente.

Una preparazione fresca e gustosa che prevede l'aggiunta di una buona dose di prezzemolo è quella dei

Pomodori gratinati

4 pomodori rotondi maturi (possibilmente uguali); 1 ciuffo abbondante di prezzemolo; 1 cucchiaio di capperi (sotto sale o sott'aceto); pane grattato; sale; olio; pochi grammi di burro.

Tagliare a metà i pomodori, liberarli dai semi e metterli capovolti a perdere l'acqua.

Tritare il prezzemolo ed i capperi aggiungendo il pane grattato e impastare con l'olio d'oliva aggiungendo pochissimo sale.

Riempire i pomodori con questo impasto, mettere in una teglia appena unta con olio e burro, aggiungere su ogni pomodoro un fiocchetto di burro e mettere in forno caldo a 200° per mezz'ora. Sono buoni anche freddi.

As regards the use of parsley for «home-made cosmetics», one should note that it is possible to prepare a lotion associated with the name of Countess Tarnowska. She was famous for her beauty and for the good care which she took of it. The lotion is made by putting 20 g. of fresh parsley in a glass of cold water and letting it soak for 24 hours. Filter it, and then use the resulting liquid to dab gently the skin around the eyes, mouth and the neck where wrinkles often form prematurely. Allow it to dry naturally.

To combat clogged pores and «blackheads», soak a handful of fresh parsley in a cup of boiling water and let it stand until it reaches room temperature. Saturate compresses in the lukewarm solution, and apply these to the face every day for 10 or 15 minutes. Keep on repeating until the skin trouble disappears. Naturally the solution has to be prepared freshly every day.

Per quanto riguarda l'uso del prezzemolo in «cosmetica casalinga», è bene prendere nota che si può preparare la *lozione,* conosciuta con il nome della *contessa Tarnowska,* famosa per la sua bellezza e per le cure che alla sua bellezza dedicava. Si prepara immergendo in un bicchiere di acqua fredda 20 grammi di prezzemolo fresco lasciandovelo macerare per 24 ore. Filtrare e, con il liquido ottenuto, picchiettare leggermente intorno agli occhi, alla bocca, sul collo dove più frequentemente si formano le rughe e lasciare che asciughi spontaneamente.

Per combattere i pori della pelle ostruiti ed i punti «neri» fare macerare in una tazza di acqua bollente una manciata di prezzemolo fresco finché l'acqua non ritorni a temperatura ambiente. Applicare ogni giorno sul viso compresse imbevute di questa soluzione e tenerle per 10 o 15 minuti. Ripetere fino alla scomparsa del difetto. Naturalmente la soluzione deve essere fatta fresca ogni giorno.

Rosemary *(Rosmarinus officinalis)*

Evergreen plant originating in the Mediterranean region, grows naturally in places with a temperate climate, on rocks near the sea, along the coastline. It is a shrub which can reach a height of three metres, its stems growing upright or sideways, with many branches. Spiky leaves, dark green on top, whitish underneath. Mauvy-blue flowers, blooming for a long time from February onwards.
The heavily-scented little spiky leaves are much used in the kitchen, especially to flavour meat and fish. An oil is extracted from the buds and used in the perfume industry.
Principal attributes: as with all plants growing in dry areas, its most important attribute is essential oil, then tannin, and organic acids. For our purposes at least, its most important property is its aroma. All the same we must not underestimate its value as a stimulant and its antiseptic qualities. It is rich in both these properties.

Healing preparations

1 or 2 g. powdered rosemary, before meals, assists the function of the liver. An infusion of rosemary (a handful of leaves in hot water), taken after meals, is an excellent aid to digestion. An excellent stimulant to be used at times of physical or mental fatigue, is rosemary wine. To prepare it, soak two handfuls of rosemary leaves in a litre of best quality white wine for two days, shaking frequently, then filter.

Rosmarino (*Rosmarinus officinalis*)

Pianta sempreverde, originaria delle regioni mediterranee, cresce spontanea nei luoghi a clima temperato, sulle rupi vicino al mare lungo i litorali. È un arbusto che può arrivare a tre metri di altezza, con fusti prostrati o eretti, molto ramificato, foglie lineari verde scuro sulla pagina superiore, biancastre inferiormente; i fiori, azzurro malva, sbocciano per un lungo periodo a partire dal febbraio.

Le foglioline, molto profumate, sono generosamente usate in cucina per aromatizzare soprattutto carni e pesci. Dai germogli si estrae un olio essenziale usato in profumeria.

Principi attivi: come tutte le piante che vivono in luoghi aridi, il più importante principio attivo è l'olio essenziale, poi i tannini e gli acidi organici.

Fra le proprietà, la più importante, almeno per quanto riguarda il nostro più immediato obiettivo, è quella aromatica. Non debbono tuttavia essere sottovalutate le proprietà stimolanti e antisettiche di cui il rosmarino è ricco.

Preparati curativi:

1 o 2 grammi di polvere di rosmarino prima dei pasti agevola il lavoro del fegato. Un infuso di rosmarino (un pugnetto di foglie in acqua calda) dopo i pasti è un ottimo digestivo. Da usare nei periodi di stanchezza fisica e mentale, è un ottimo stimolante il vino al rosmarino.

Si prepara lasciando macerare 2 manciate di foglie di rosmarino in un litro di vino bianco secco di ottima qualità, per 2 giorni, agitando frequentemente, poi filtrare.

For rheumatism or muscular pains, there is an oil which is used to massage the painful part, with excellent results.

10 grams dried rosemary; 10 grams ricinus oil; 10 grams pure alcohol; 80 grams olive oil.

Put all this to steep together for 15 days. Filter, and keep it in a dark-glassed bottle. Shake before using.

In the kitchen:

Rosemary is really everywhere! And it helps to have ready for certain dishes either oil or vinegar already flavoured.
Oil: Put a sprig of rosemary in a bottle of olive oil, and leave it for at least a month before starting to use it for flavouring roasts or.stews.
Vinegar: Put 15 g. of fine salt in a bottle, plus a sprig of rosemary, half a sharp chilli, two or three garlic cloves, and pour over these one litre best-quality white wine vinegar. Leave at least two weeks, then use to season salads.

Per i reumatismi o dolori muscolari è utile preparare un olio che verrà massaggiato sulla parte dolorante con ottimi risultati:

10 grammi di rosmarino essiccato; 10 grammi di olio di ricino; 10 grammi di alcool puro; 80 grammi di olio di oliva.

Mettere tutto a macerare insieme per 15 giorni. Filtrare e conservare in una bottiglietta di vetro scuro. Agitare al momento dell'uso.

In cucina:

Il rosmarino proprio dapertutto!!! E per agevolare alcune preparazioni tenere pronto sia l'olio che l'aceto già aromatizzati.
Per l'olio: mettere un rametto di rosmarino in una bottiglietta di olio d'oliva, lasciarvelo per almeno un mese prima di cominciare ad usarlo per insaporire gli arrosti o gli umidi.
Per l'aceto: introdurre in una bottiglia 15 grammi di sale fino, un rametto di rosmarino, mezzo peperoncino piccante, due o tre spicchi di aglio, versarci sopra 1 litro di ottimo aceto di vino bianco. Attendere almeno due settimane, poi usarlo per condire le insalate.

Sage *(Salvia officinalis)*

Species of 700 herbaceous plants, wild and semi-wild, delicate, annual and perennial, woody-stemmed, generally evergreen. Among all these are also included the two varieties used in the kitchen and for cosmetics.

Sage originated in Southern Europe and grows naturally in Italy. Up to one metre in height, upright, woody-stemmed, herbaceous at the top. The leaves grow opposite one another, from the same node and are oval or roughly lance-shaped, at first greenish and then covered with a whitish down. Blue-violet flowers blooming in June-July.

Its name is derived from «salus» meaning health, and in fact this herb has intrinsic qualities conducive to health and beauty.

Principal attributes are: essential oils, tannin, organic acids, bitter substances.

Properties: an aromatic, digestive tonic, useful against inflamations (with an infusion of three pinches of crushed leaves per cup of boiling water, taken three times a day). Useful to alleviate mouth inflammations. A leaf rubbed on the teeth makes them whiter and acts as a disinfectant.

A good skin tonic can be prepared by boiling sage leaves for five minutes in a litre of water. It is applied to the skin with cotton wool, and allowed to dry naturally.

There are multiple uses for sage in the kitchen. It is used in many preparations as a tiny outer wrapping, and is often added to roasts and sauces, alone or with other seasonings.

Tasty omelettes can be made adding crushed leaves of fresh sage to the eggs. Or else add sage to rissole mixtures, whether these are prepared Tuscan fashion using left-over boiled meat, or fresh minced meat. One little-known dish which is worth trying is «fried sage». Choose large healthy sage leaves, wash and dry them well. Prepare a batter with water and flour, and leave it to rest for about an hour. Then add an egg yolk, the stiffly-beaten egg white and pepper. Dip the sage leaves in the batter and fry in plenty of olive oil. Salt lightly.

Salvia *(Salvia officinalis)*

Genere di 700 piante erbacee, rustiche e semirustiche, delicate, annuali e perenni, suffruticose, generalmente sempreverdi.
Fra queste sono comprese anche le due specie utilizzate in cucina e in cosmetica.
La salvia officinalis è originaria dell'Europa meridionale ed è spontanea in Italia. Alta fino ad un metro, eretta, con fusti lignificati alla base, erbacei in alto (pianta suffruticosa), foglie opposte, ovali o lanceolate rugose, prima verdastre poi ricoperte di peluria biancastra. I fiori azzurro-violetti sono riuniti in spicastri terminali e sbocciano in giugno-luglio.
Il suo nome deriva da «salus» salute ed infatti quest'erba racchiude in sé le migliori qualità per la salute e per la bellezza.
Principi attivi sono: olio essenziale, tannini, estrogeni, acidi organici, sostanze amare.
Proprietà: aromatica, tonico-digestiva, antiinfiammatoria, (usare un infuso di tre pizzichi di foglie spezzettate in ogni tazza di acqua bollente, tre volte al giorno). Utile per sciacqui e infiammazioni della bocca. Una foglia strofinata sui denti è disinfettante e sbiancante. Un buon tonico per la pelle si ottiene preparando un decotto di foglie di salvia fatte bollire per cinque minuti in un litro di acqua. Si applica con un tamponcino di cotone e si lascia asciugare spontaneamente.
L'uso della salvia in cucina è molteplice; molte preparazioni, come involtini, arrosti, sughi, ne richiedono l'aggiunta, da sola o con altri odori; si possono fare gustose frittate, aggiungendo alle uova foglie spezzettate di salvia fresca. Oppure aggiungere la salvia all'impasto delle polpettine sia che si preparino alla «toscana» utilizzando gli avanzi della carne bollita sia con carne fresca macinata. Una preparazione non molto conosciuta che vale la pena di provare è la *«salvia fritta»*. Scegliere delle foglie grandi e sane di salvia, lavarle e asciugarle bene; preparare una pastella con acqua e farina, lasciarla riposare per un'ora circa, poi aggiungerci un rosso d'uovo, la chiara montata a neve. Immergere le foglie di salvia nella pastella e friggerla in abbondante olio di oliva. Salare leggermente.

INDEX

INDICE

CARLA GERI CAMPORESI was born in Gavinana, a sunny and ancient village on the mountains neighbouring Pistoia, still today encircled by chestnuts woods, where people keep up an age-old tradition of genuine hospitality.

After this formative period of her childhood, she has been living in Pistoia and then in Rome for many years, dividing her time between family and work and taking the chance of her travelling throughout Italy and abroad to cultivate and cement a net of friendly relations.

Some years ago she settled in Impruneta, on the hills near Florence just at the edge of Chianti; here her house facing the olives in always open to welcome friends.

Carla Geri Camporesi è nata a Gavinana un antico ridente, paese della montagna Pistoiese, ancor oggi contornato da boschi di castagni, dove si mantiene una secolare tradizione di semplice e genuina ospitalità.

Dopo il periodo formativo dell'infanzia ha vissuto a Pistoia e quindi molti anni a Roma, dividendosi tra famiglia e lavoro e trovando nei frequenti viaggi in Italia e all'estero l'occasione di tessere una rete di cementate amicizie.

Da qualche tempo si è stabilita all'Impruneta, sulle colline fiorentine alle porte del Chianti, dove la sua casa affacciata sugli olivi è sempre aperta e ospitale per tutti gli amici.

Finito di stampare nel mese di Ottobre 1990
dalla Litografia VARO - Pisa, per
MARIA PACINI FAZZI EDITORE S.r.l., LUCCA